馬雅神教教主本紀

少年王比利的故事

林大棟 著

自序

屏東縣屏東市，你去過這個地方嗎？

屏東市雖然是屏東縣那最大的城市，但是屏東人口外移相當嚴重，每年的人口數據稱都在減少。屏東的孩子們在長大之後，多到北部或其他大都市去討生活，筆者這個屏東市長大的小孩也不例外。旅居海外多年之後，平時如果返回屏東市，要找到大部份的國中、國小的同學可算相當困難。但是大年初一倒是一年之中少見地可以一口氣看到很多的同學的好機會。

但這個故事中，屏東市就是世界的中心！

這個小說的故事背景，是來自於筆者小時候在屏東市的國中生活的一些回憶。這是以真實故事為背景寫成的小說。而會有這本小說的誕生，要從六年前農曆新年我國中的同學會開始。

六年前返鄉過年的時候就參加了我們國中的同學會。其實我們的同學會也不用事先有什麼計劃和通知，就是大年初一大家打打電話叫一下，一下子就會有十幾二十個同學聚集在咖啡廳裡面，就這麼天南地北的聊了起來。這時候本書的主人翁也就是馬雅神教的教主王比利（比利的原名是王友政，大家叫他綽號「王伯伯」）也在其中。我們聊了很多以前的往事，中年人聊起過去的種種就說個沒完。

後來筆者和他聊到我有在做一些小說的創作，主要是一些中醫小說（《藥香中尋找愛》，二〇一八，秀威資訊）。我也把我的小說線上發給他看。他覺得我寫小說相當有意思，就告訴我了一些書籍出版的相關事宜，他認為如果我有興趣可以做自費小說的出版。畢竟文學小說要找到出版社願意出版是不容易的。友政那時候已經是出版了十本書的一位文化人，他對於出版事業有不少的了解。我當時跟他說其實我還有一本小說很想寫出來，那就是我們以前在國中時代的一些精采故事，尤其是我們創立的馬雅神教這段往事，想想那是多麼早熟的過往。這段往事聽來有些可笑，但也反應了一些當年的心境使然。在那個年代裡，在那麼苦悶的高壓國中填鴨教育之下的孩子們，也和這世界上古往今來有苦難的人們一樣，都開始想要尋求一些宗教的慰藉。當然當年友政創立的這個宗教，其實不過是抒發我們當時內心的一些壓力、恐懼、不滿，甚或是憤怒。透過我們有了自己的宗教，彷彿我們也覺得自己的聲音不再渺小，自己的力量不再單薄。

友政聽完了我的構想之後笑了笑，認為這個點子蠻有意思的，不過他也沒有對小說的完成有什麼太大的期待，畢竟大家都忙，而且這樣的一本小說寫下來，除了我們同學們自己看，其它人會有興趣嗎？

我告訴他這本小說是要反映一個在威權時代下，屏東市這個介乎於城市和鄉村之間的二三線都市的南部孩子們，在那個年代的生活足跡和生命視角。還記那一天，在聽完我的奇想後，他喝口咖啡似笑非笑的表示，我教事跡是要流傳於世的，「留下青史、以待來者吧！」當天雖然只是像談笑地講講，像是在過年的氣氛中大夥天南地北的亂聊，但是有些事情在我心裡已經決定，要把這本小說作為一生中一個必須要完成的事情之一。

也許有些人會認為國中生時代的一些胡言亂語，一些孩子的夢想，一些看似微不足道的少年故事，有什麼值得訴諸文字的呢？但是大家不要忘了在紅樓夢中，寶玉、黛玉、寶釵這些故事主人翁雖然個個文采非凡、熟知經綸典故，他們可不是二十幾歲或三十幾歲的人，在書中的人物年齡設定，正是大約是國中生的年紀左右而已。

我想寫的這本小說這本書似乎是和宗教有關，到底關聯何在？先按下不表。無論如何，這都足以證明對大多數的人來說，宗教有其必要性。先別笑人家傻，人家比我們這些不信的人可能更幸福。但對於三十多年前台灣南部的國中孩子來說，他們的生活中也會有宗教的需求，以期在無奈的生活中能有所提升、有所舒緩。

創教有什麼了不起，三十多年前我們就創教了啊！

這個宗教又質樸，又簡陋，又實在。它不偉大，也沒有衍化教義而進入更高的境界。

大抵人生中都會出現這種期待生命有所超越而有的行為。這些故事，都要寫在我當時計劃已久的這篇少年小說裡，敝帚自珍地想這故事真是太有趣了，而且寓意（個人認為）至深。

只是在那次同學會後大家都忙，天南地北各自為了阿堵物奔忙，這小說創作一事看起來也就淡下來了。

直到兩年前的某一天，我還在高科技公司上班，一邊寫著程式一邊想著中午要去吃些什麼的時候。在這本小說中的另外一個主要人物「胖帥」張宏詮同學，忽然發了一個短訊給我，說我們親愛的同學友政因為腦血管瘤破裂而陷入昏迷，可能成為植物人。當時心中閃過一絲不安和恐懼，而很不幸地在三天之後，我們真的失去了他。

友政在國中畢業之後和我的生活、求學的路程沒有很大的交集，所以那些年靠著臉書我們才又慢慢交流起來，他常常在臉書中告訴我們他的近況，他玩小摺（摺疊腳踏車），他辦各種戶外活動，還帶著大家一起去玩獨木舟出海。在婆娑之洋環繞的福爾摩沙的很多角落中，帶著大家去探索、去體察不同的生命情調。當我們非常習慣於這位上天下海的兄弟每天告訴我們他的新計劃的時候，我們冷不防地忽然失去了他。人生無常的恐懼一再地襲來，我還記得那天我不禁流下清淚之後，心中慢慢想起了幾年前的那一個新年的聚會中所發下的宏願。人在失去之後，才會開始珍惜所有的一切，含著眼淚在電腦前再做了決定，把心中所有的醞釀好的故事情節真正地化成文字，因為我不知道要怎麼樣來緬懷這位老友，因為太多的往事只在我的心中，我要向誰來述說呢？寫。不斷地打字。

很快地在接下來的兩個月中，我就把這本小說寫了出來。收到了很多原來我們的老同學的鼓勵，也有很多新朋友的加入，在紀念友政的臉書專頁中，大家在難過傷心之餘，也藉由這樣的文字和互動討論，大家一起來回想友政這個人是怎麼樣的一個朋友、一個情人、一個同學、一個生命的導師、一個生命情趣的探索先鋒。

後來也有很多學長都在我們一起生活的那段時空走過，也給了我不少鼓勵，光大（明正）國中是我們大家都非常有情感的一個園地。而這樣的小說本來我以為只是小眾小說，但是我覺得這本小說反應的，是很多都曾經在那個年代活過的人的一些共同回憶和感受。感謝秀威資訊的編輯小組在開會討論之後，決定要出版，把這某個生命片段留下的精采小說和更多的朋友分享。在這裡我要感謝我們永遠的班長「胖帥」張宏詮同學，馬雅神教另外一位護法的「許伯伯」許碩舜，友政的堂哥也是我們大家的大哥Alex Wang大哥，光大國中的同學吳佳穎、鄭旭宏、薛守強同學，及所有友政後來的同學朋友們。更要感謝光大國中的師長們，其實孩子們當年不知道老師在教育上的苦心。

當然，我們更要感謝在天上看護著大家的友政，他帶給我們這麼精采豐富的人生故事。在傷心中用這篇文字來紀念我的好朋友。好像他的離開是剛發生的事，三年多就這樣過去了。看著這小說，好多的前塵影事又浮上心頭。十來歲男子漢的友情、恐懼、不堪、歡笑、淚水……在中年的我來看是這樣地珍貴，這樣地剛烈而悸動！友政於天上有知，當感當年拍欄登臨之意！

您準備好了嗎？讓我們一起走進這三十多年前的精采故事裡吧！

寫於北加州雙桂書院　二〇一九．七．二十

目次

第一回

神教因緣初講起
奇聞典故始道來

教主降臨的那一年我十四歲，在南方屏東市的光大國中過著典型國二生的生活。還沒有國三的壓力，略在國一的不知所措的緊張中解放了一些。對前途一片茫然，只知道好好用功讀書是唯一的生活目標。生活的重心就是聽大人的話做個好學生，當然不想讀書在當時就算是壞學生了。如果不好好讀書，膽子不大的我也不知道有什麼能做的。像是在一條河流中的一片葉子，你不順流而下，就只能有卡在河岸的石頭上這另一種的下場。

就在開學的這一天，來了一位轉學生。在炎熱的夏天的教室裡，老師帶來了這一位新同學。我們的新教室在二樓，窗外的大樹把南台灣令人難受的陽光阻擋在外面。一進這個有大樹在旁邊的教室，連一大群國二的小鬼都不得不略靜下心來，說來真是讀書的好地方。但這位新同學一走進來，大家都不免浮動起來。

這位同學長得有點令人吃驚，國二的學生卻有著異常沉穩的臉。方頭大耳之外，有點迷人的單眼皮（有一說是內雙）下有著單純的眼睛，在某一個極短的瞬間卻又透出慧黠的精光，但很快又回到那種曖曖內含光的狀態。十四歲的孩子大多是有一點軟細汗鬍子的，但這位同學看起來好像是真有一些硬鬍子的樣子。他雖不笑，但臉上卻看來一直都有一些笑意，一副很好相處的男子漢態勢。後來果然很快地大家都喜歡上這位同學。

「大家好，我是新轉來的，我叫王比利，王就是你最常見姓王的人的王，比就是沒什麼好比，也懶得跟你比的比」他一開口大家都笑成一團，連我們的導師，本地英文名師人稱「吳老大」的吳老師都笑了。

「至於這個利呢？就是學校裡面我最喜歡的教學設施——福利社的那個利！」

吳老師摸摸王比利的頭說：「你要好好讀書，你爸爸對你期望很深啊。」

王比利同學這時臉上有一種似笑非笑而略有無可奈何的表情。後來我們都發現這就是他的招牌表情。

教主出場的這一刻，我知道苦悶的國中生涯會有所不同了。

我成績在一年級時並不理想，我爸爸說我要是一直都這麼差的話畢業後就去讀劇校好了。本來我也不以為意，但是後來聽人家說劇校是個很嚴的地方，要學好國劇是必須經過很多打罵的。本來以為國中就已經管得很嚴了，但告訴我劇校有多苦的一位屏東高中大哥哥，說國中的那一點嚴格算不上什麼的，他說只比軍校好一些。這位大哥哥是我一位小學好友的堂哥，大家一起打球認識的。我問他怎麼知道的，他說他有同學去台北唸到一半就休學了。正因如此，後來我才在有限的資質下加緊認真地唸書起來。

但國中的生活一直不是我喜歡的。雖上了國二，但居然還懷念的國小的生活，有時想想自己的個性真是太脆弱了，簡直和那個小叮噹漫畫裡的葉大雄差不多。記得國一第一次數學考不好時，居然一百分以下每少五分打一下，自己雖只被打了兩下，但有同學可以到近二十下，心中不免有陰影。我常說國中時數學細胞被打死了不少，後來就顯得吃力。

「你就坐在那個空位好了。」導師一指我身旁的空位，他一副悠哉自得地就信步走到我的位置旁就坐了下來。

他先和我行個童軍禮，我發現他的書包帶子真是有夠長，就是當時那種不良學生的拉風書包，但他的制服卻很土，大得有點像他哥哥傳給他的。

老師開始上課了，他就抱拳向四周同學拱了拱手。大家都忍住笑，覺得這位同學真是很有趣的一個人。

一下課，大夥圍了上去和新同學聊聊。

「聽說你爸爸是司法官啊？」本班班長人稱「胖帥」的張全有問他。其實當時我也不知道什麼是「司法官」。這胖帥在當年可說是一位見多識廣的同學，但後來大家發現這位新同學好像更甚於他。

「哎，就是這樣我才常要轉學，我爸爸經常要調職。」王比利笑著說「台灣很多地方很多學校我都唸過了。但是屏東我看很適合我，因為我長得像本地山胞嘛！」

說著大家都笑了起來。我沒去過彰化，當時覺得反正就是台灣的北部吧。對於屏東的孩子來說，彰化就是北部了。

「來、來、來，兄弟初到貴寶地，拿出一些好東西請大家吃」比利說罷，從書包裡拿出一包所謂糖皮花生請大家，大家看那包花生不大，這一小包花生看來是他很珍貴的好東西，大家都有點客氣地不敢先動手。

「來來來，見者有份，有吃有福。」比利把那可憐的一小包糖皮花生送到每個人面前，大家只好一人吃一顆。我也吃了一顆，皮脆脆甜甜地還不難吃。

一下子花生沒了，比利有點平靜地說：「去年我在彰化上學的那個國中園遊會時收藏的花生，這真是好東西啊！我一直就珍藏在書包裡，希望大家喜歡！也是兄弟的一點心意。」

這時大家都止住笑看著他。快一年前的花生居然……

第二回

「校園蛙跳有神力　王家神拳得真傳」

這時比利大笑說：「哈哈哈，和大家開個玩笑。這是昨天下午我媽才做的。」

大家一湧而上把他壓在地上，笑成一團。

比利好容易才爬出重圍道：「本地民風真是彪悍啊！」

其實他並不是很多話的一個人。但只要他一說話都是很精采的，但他總是以一種似笑非笑的態度觀察著週遭的一切。我在這之前很少見一個這麼淡定的人。

就在開學的一個月後，有一天下午第一節理化課。我們在人稱「蔡猩猩」的蔡新興老師的平穩音調中掙扎著從瞌睡蟲的攻擊中設法醒著，但蔡老師的功力之深令人讚嘆，午睡才起來沒多久，就算再有精神也會受不了。

這時偶然發現只有比利精神不錯，原來這位大哥在偷看漫畫。那是一本袖珍型的小叮噹漫畫，在三十多年前的南部的雜貨店裡那是給人家「抽」的一種商品。他向我使了個眼色丟了一本給我。

我還不知是否要看，說時遲那時快，只見那蔡猩猩老師一個箭步就走到比利身邊，一把抓起他的小書，又要我把書也交出來。

「林旺東你也在看啊，你們兩個都出去青蛙跳，一路給我跳到女生班那一排盡頭再給我跳回來！」蔡老師面無表情地說。這青蛙跳可說是我國教育界一項重要的發明，雖說是處罰，但又帶有健身強國的期許。老師們樂得不用出力打手心，學生也在有限的體力下對青蛙跳敬畏非常。聽說只要常跳的孩子，之後發育都會很良好。在我們光大國中裡，經常走廊上的青蛙跳人數比起雨後本校中庭的青蛙還要多很多，成了我校全面教育的一項重要風景。

比利淡定地笑了一下直接往外面去了。我只好無奈地嘆了口氣跟著去。

當我們開始跳的時候，只聽到教室裡老師在問：「還有誰也在看啊？」

沒多久只見有一個人也出來跳了，我和比利定神一看，這位制服穿著得非常隨便而且超大的頭上帶著一副深度近視眼鏡的人，原來是本地人稱天才兒童的許逑聖同學。這位同學據說去了台北的師範大學做了測驗，智商高達一百八十。但他讓我們瞭解到天才兒童真的很聰明但是成績可能並不怎樣。

「咦？我沒有給你漫畫啊。你怎麼也出來蛙跳？」比利問逑聖同學。

只見這位同學慢慢開始一邊跳一邊說：「快睡著了，很悶很煩，出來跳跳心情會好一些。」

我和比利被這位天才兒童的奇怪想法搞得有點啼笑皆非，但三人在午後略有點風的二樓走廊上蛙跳，可以看看別班在上些什麼課，果真是比上課有趣些。只是跳了約莫六十公尺後腳還真的發軟起來，講話都有點喘了，眼看就要趴了下去。這時覺得這位許同學真是笨得可以了。

比利這時說話了：「眼前就是女生班了。快打起精神並放下無謂的羞恥心來，我們要很愉快地展現出我們完全是自己想出來運動一下的感覺，懂吧！」

於是我們居然又精神一振，帶著愉快的心情往前跳，比利總是能鼓舞著身旁的朋友們。我正感到漸漸跳出一些感覺來了，雖然心中苦痛，但精神上卻有著希望和喜悅。女生見太多這種陣仗了，早已見怪不怪。但應該很少看到青蛙跳時面帶微笑的神經病吧。

就在這個時候，許述聖忽然朝一個樓梯口跳去，我們也跟著去了。只見他站了起來往一樓走去。原來他要偷偷從一樓走到離我們教室比較近的樓梯再爬上去繼續裝著跳。這樣就可以少去回程的一大部分。反正老師也不會一直監看著我們嘛。

「運動要適度，差不多就可以了。」許述聖同學理了理氣說。真不愧是天才，明白中庸之道在日常生活的運用！

這時只見比利點頭默許。我們慢慢且自然地走過一樓的教室，那是一年級的教室。

「我們一年級的時侯都不知道有這種捷徑呀！」我不禁嘆道。

「這就是成長過程中累積的智慧！」比利很淡定地指出。現在想來還真是好笑。

上了二樓回教室前，許同學拉住我們說：「最後這一小部分別跳太快，我們要跳得有點快不行了的樣子，這樣蔡老師也滿意，我們也完成了整個儀式中的終極意義。」各位看倌瞧瞧，這不是天才兒童是什麼！雖然時至今日我還不清楚蛙跳的終極意義。

我們一副就要死了的樣子跳回教室，全身是大汗。其實在屏東不用運動也可以滿身大汗。蔡老師見我們進來就說：「誰叫你們進來的。出去門口罰站聽課」於是我們三個人又站到門外。我看了一眼比利，他還是一派輕鬆自在的樣子，好像我們三個人是要去大觀園裡賞菊的樣子。許沭聖同學也一臉愉快地往外走，我原來有點害怕，但看兩位同學如此淡定，我也就不免跟著無所謂起來。

站在門外，看著光大國中的中庭的椰風榕蔭，涼亭花檯，中間幾棵高大的鳳凰木有著火紅的花朵。配合幾個上書「忠孝仁愛信義和平」的大紅水泥立牌。在國二生看起來，在俗麗中還真有些美。站著就當休息好了。站了五分鐘之後，正有點悶，只聽許王二人小聲聊了起來。

「比利，我上次聽吳老大說你爸爸是苦讀出身的，怎麼……」

「你是說我怎麼好像很混是嗎？觀察得不差。」

「嘿嘿。」

「我也不是想混，只是覺得唸書有點太耽誤我的思考時間罷了。我爸爸成就也還好啦。但他對我國最重要的貢獻不在於司法界，而是他的著書立作。」

我好奇起來就問了他：「你爸爸寫了很多書嗎？」

「不多，但最重要的是一本薄薄的小書，這本書是足以傳世的。」比利答道。

這時聽見蔡老師對門外罵著：「你們三個還想再去跳啊！」

我們只好噤聲不語。

但就聽到比利小聲地說：「這本書改天拿給你們看，這書就叫做《唯一真傳——王氏拳譜》！」

我的天，原來比利同學的家學如此博大，還是個武學世家啊。這一來我和許逑聖同學都在心中對王比利一家產生了不少敬意！事實上那時我對兩位同學的崇敬是直如江水滔滔，心想這二位果然人中龍鳳！

第三回

王伯伯典故震天地
吳老師傳世驚風雨

下課後，我巴著比利要借這奇書一看。

「想不到比利你家還是武學世家，居然還有拳譜留世。如果可以，能請你教我一些功夫好嗎？」我非常懇切地詢問著。

王比利睜大了他的眼睛看著我：「小孩子學這做什麼？」

「一則以強身，二則以自衛，三則以報國！」我堅定地說。鄉下小孩看太多武俠小說，是有些神經神經的。

比利看著我，又是那種似笑非笑地淡定眼神，不一會兒他開始大笑。

「哈哈哈。你誤會了」比利笑道：「這本拳譜裡的拳，不是用來對打或健身的拳。」

「那是……」

「這是我爸爸記下的一套划酒拳的書！」

「划酒拳？」

王比利同學笑道：「划酒拳就是喝酒時一種助興取樂的遊戲嘛。輸的人是要罰喝酒的。我王家拳法是別出新裁，傳說是原創於杜康啊！」

我一時覺得無趣。但比利正色道：：「我爸爸常說：孔子說雖小道必有可觀，而且李白也說古來聖賢皆寂寞，惟有飲者留其名嘛！」

◆

比利在國中時有個很知名的綽號，大家都叫他「王伯伯」。

這一點和我們的美女國文老師翁老師有關係。

翁老師是我們主科中唯一的女老師，未婚的她非常地有修養也好有氣質，講課聲音很好聽，人也很親切。算是我們大家很喜歡的一個老師，我的一點文學細胞就是翁老師培養出來的。她除了有時會責備我們，幾乎很少打人。但有一次本班國文考得太差，她覺得身為我校二年級最好班這種表現太令人失望了。於是破例叫班長去導師室借了籐條來打手心。但秀氣的她打得滿臉通紅，外經陣仗的學生都不覺得痛，許述聖同學被打完事後跟我說：「好像在做經絡拍打，還算舒服！」又說：「給土匪打過之後，這根本是在開老子玩笑嘛！」後來她就不再打人了，可能她注意到有幾傢伙打完後還嬉皮笑臉的，效果太差。至於土匪者何人，各位看倌且容小子在後面再談。包準一般今天的小孩子都會嚇到流尿的！話再回到這翁老師身上……

這翁老師是比利的鄰居，記得他們是住在一個叫「司法新村」的地方。有一天翁老師講到「里仁為美」這個成話。她舉了很多例子說明一個環境對人的重要性，說著說著她講到：「一個以仁愛為本的社區，是在齊家到治國之間的一個重要部分，如果你是住在一個好社區裡，那身心都會很安適，大家相互尊重……你有什麼都願和鄰里分享……比方說我有很多香蕉，我會分一些給隔壁的王伯伯……啊，下課鈴響了，我們下次再說吧。」

這一下課，比利忽然和大家說：「前兩天翁老師才送我們家香蕉，原來我就是那個王伯伯！」

一時大家鬨然大笑。這時班長「胖帥」就叫道：「以後比利就叫做王伯伯好了！」綽號這種東西多半是在一個偶然中訂下的，但後來就像胎記似地跟著你。不過也有不少人認為「王伯伯」是體面又有力的名字，尤其是你又長得一副像伯伯的臉的話那就再適合不過了。

從此「王伯伯」的大名就成了比利在國中的稱呼，據說於高屏一帶所知者眾。這個稱呼也成了我教的一個絕對稱呼！

後來我和比利、沭聖兩位同學就成了常在一起搞笑的朋友。在那個苦悶的歲月裡，大家一起講些笑話、傻話、呆話、瘋話和髒話（！）過日子。二年級的功課說來還是有點緊的，本班算是本校最好的升學班，但有一陣子我們的成績一直輸給另一個好班「軍樂班」。這讓吳老師很沒面子，他是面惡心慈的人，其實有時會覺得他對我們真的太好了，但這對我至為重要。我一向膽子不大，也算是乖乖牌的，只知道讀書的我其實很在意成績，老是把自己搞得緊張兮兮的。我總是覺得自己到了二年級終於比較開竅一些了，主要是對理化比較喜歡。加上國文老師翁老師常說我作文寫得好，得到老師的鼓勵覺得自己好像真的不錯，還想說有一天也許可以成為一個作家什麼的。

但本班成績每下愈況，吳老師看我們班真的成績落後了。他就要大家每週六下午都留下來寫一個下午測驗卷。也就是每週再加強小考，讓我們能用考試來調整自己讀書的進度。一開始大家都叫苦連天，但吳老師曉以大義，大家也只好咬牙考下去了，而我呢？也只好乖乖地在每週不斷的考試中度日。冬天很快地就來了，屏東市的冬天其實並不冷，但多少和夏天的炎熱亮麗充滿熱力完全不同，蟬叫了一整個夏天也終於休息了。一切顯得這樣平靜……

但真正的風暴就要來了！

那是初冬的一個週六，這一天我們考了理化的測驗卷。上次月考本班的理化成績特別差，吳老師特別要大家多加強理化。考試前大家都有點疲乏了，但還是留校考試，一切無話。

這個下午，外面有些陰雨。空盪的學校只有成績不佳的本班在做每週六考試。天上還響著令人不安的雷聲。連幾聲偶然飛來的麻雀的叫喊都能在學校中庭引起迴響。有點雨而無風，老舊的教室中不點燈直如黑夜。今天主要先考國文一張，小做休息後再考物理的浮力。我寫完物理的考卷，看著窗外漆黑的烏雲，呼吸著雨帶來的水泥地中的臭氧味道。心裡想著等一下回家要來看一下小說紓解一下。

「好了。大家交卷互相改，班長把這張答案寫在黑板上」吳老師宣布。

結果出來了，考得很不理想，全班只有三個人是及格的。

吳老師一語不發地看著大家許久。我們感覺到一種深沉的怒氣和失望。

「大家認為老師週六下午也不休息來幫大家提升功課是為了誰？這樣子本次月考的理化要怎麼辦？請大家準備今天物理小考有兩週了……」吳老師眼見就要爆發了。他一張一張地把考卷揚起，唸出了姓名及分數，最後他把考卷直接丟在地上。

只見吳老大大吼一聲，如平地一聲巨雷，驚得眾小子手足發抖！

「不考了！算了，以後不用來考試了！不要考了！！！」

這時說時遲那時快，只見吳老師把櫃子裡的所有各科將在這學年慢慢做的測驗卷全都一摺摺地丟出來，在空中這些考卷全散開來了，一時教室到處飛著紙張，吳老師愈丟愈快，那考卷卻如湧泉一般丟之不絕，什麼灑鹽空中、什麼柳絮因風起都不能形容此刻情景之壯闊。

那漫天的紙在窗外的風吹進教室後更加紛亂，分向四面八方飛去，前排的人被丟到好幾下，後面的人想躲也躲不開，有坐在門邊的同學被一大摺考卷打到門外去，待在外面不敢進來。

這時只見數學、理化、國文、公民、地理……各科考卷在空中飛舞；因式分解、春夜宴桃李園記、我國東北九省、東周末年、摩擦力和摩擦係數……這些內容都在眼前略過。

我的腦筋似乎是斷了線一樣地無法再思考，窗外似乎電雨加大了，風也好像開始吹，但教室中的世界彷彿是都暫停了下來，拍電影的話，此時的停格會有一種知識的錯綜造成的美學吧。

但同學們都嚇呆了，有人甚至嚇哭了。老師丟完一整排之後又開始丟另一排。只見這種景象如狂風暴雨一般，老師氣得眼都發紅，那是恨鐵不成剛的生氣。大家都不敢發出任何聲音。窗外一聲雷響，卻使得教室的安靜格外可怕，只有那一張張考卷慢慢落下的聲音。

這個場景可說是一生難忘的。但當時是嚇傻了。就如李商隱的詩所說：「此情可待成追憶，只是當時已惘然」。

我正在害怕無奈之際，這時偶見身旁的比利……居然，居然……

還是那副似笑非笑而略有點無可奈何的表情！

第四回

教主初傳神教濟世
伯伯首得天機悟真

人在世界上總是有風有浪，我們在多年後多少能體會光大國中老師們的苦心，老師讓我們提早體會這是個三界火宅、無處為安。老師讓我們瞭解到這世界苦痛偏多。不在困苦中鍛鍊成長，怎麼能走出去面對這世上所有的風風雨雨？就如同耶穌要代世人上十字架，又如同悉達多要走入苦修的曠野。這些無非是示現，這些無一不是慈悲！

待那滿天的測驗卷都掉在地上，吳老師的身影也就跟著遠走。教室裡可說是一片狼藉。大家你望著我、我望著你，不知如何是好。

這其中受傷最嚴重的同學是本班綽號「寶二爺」的吳家寶同學，他站起來躲一摺考卷時胸口不慎被另一大摺打到，這時正在按胸忍淚。這寶二爺是本班最是俊美可愛的同學，如在古典小說裡必是用什麼「面如冠玉、目若朗星」之類的話來形容。成績好又長得帥，喜歡他的女生真不少。只因他在家中排行老二，名字又有個寶字，好取綽號的賢達先進就依這石頭記裡的人物為他取了這「寶二爺」的名號。

在民智未開的時期，一般女生喜歡的類型當是這種比較奶油小生型的人物，像王伯伯或本人這樣奇逸不群的型男算是陽春白雪。但後來這寶二爺和比利卻成了莫逆好友，據稱另有「王伯伯趣遊花旗國」一文或有記述，此地暫且不表。

在大家沉默了一陣子之後，總算班長「胖帥」開了口：「大家先把所有考卷全部一起整理好，完全物歸原位。老師只是氣話，大家不要太擔心，虛心檢討自己，下次考好一些便是。」

這胖帥果然是領袖人物，剛上一年級開學時，大家彼此都不認識，老師就說來自正中國小的張全有同學做班長好了。因光大國中的學生多來自另一間博愛國小，有人不甚服氣就覺得怎麼會選正中的當班長呢？但開學後就覺得此君果然有領導氣質，做事方正得體、熱心有禮。在我們生命中偶然會見到這樣的人才，我常覺得如果胖帥是儒家，這王伯伯比利君就是道家。儒家是人間的正道，道家是出世間的奇徑。

大家開始一一整理起來，除了幾張為雨所濕先晾了起來，其他散在全教室毫無秩序的紙都在大家努力下歸了原位，連細扎的細棉線都綁了回去。大家關了燈，魚貫地走出教室。

這時雨早停了。天上雲層漸漸打開，向晚天光從頂上照下，有一種聖潔的感受。遠處大武山系的山形在清新的空氣中是這樣地清楚。屏東平原上的大王椰子四處聳立，南國的初冬卻有一種令人欣喜的不同。比利、述聖和我牽著腳踏車從後門要回去。走過了我們黃土一片的畸形操場，我們不禁停下腳步來呼了一口大氣，看著這美好的風景。

我這時才忍不住問比利：「怎麼你都不害怕呢？」

比利笑了笑：「我只怕考卷打到我的頭，其他的還好。」

述聖用不可思議地眼神看著比利說：「我不知道這國中除了這樣無邊無際的考試之

外有何意義，每天來學校都想起土匪的大頭棍可別打在我身上。本來我覺得小考不好是有一點點難過，但我剛才還真的是有被嚇到……」

我也在旁邊不住點頭同意。

比利噗的一聲笑了起來，好像頑童的惡作劇整了別人一樣。

「你們上次聽翁老師講那『天地不仁以萬物為芻狗』的意義時有沒有聽出來。」比利帶著一點微笑說：「天地對萬物是沒有各別的感情的，你想那天上的神會去在意地上一隻小螞蟻得了一小顆人類鼻屎而高興的這種事嗎？」

「不會啊！」我和逑聖同道。

「照樣啊。當你的心升到天神的高度，人間的所有大小事有什麼好喜怒哀樂的。」比利踢了一下地上的石頭這樣說。

我當時略有點懂也略有點不懂。

比利又說：「如果你是一個外星人，看今天我們為了小考這種鳥事大家來鬧這一場一定很不懂，覺得這些呆子這樣又何苦，對不對？」

這時我們點了點頭。

比利這時望向天空，他在暮色中瞇著眼睛帶著有鬍子的微笑看著遠方的神情是我一生中難忘的場景。

比利話題一轉：「還記得上次來學校演講的外國佬嗎？他用幻燈片介紹了他騎摩托車去中南美洲一遊的旅行不是嗎。」

我想起了這個外國訪客來校介紹時的情景。他走過那個叫切．格瓦拉的人走過的路再一路北上到美國。雖然這老外說英文我們不是完全懂，但我們第一次發現中南美洲居然長得很像我們屏東，到處都有香蕉樹！那老外也說他覺得屏東很中南美洲。當他這樣講時，我還看了一下比利，會不會這種臉就像是中美洲的呢？

比利說壓低聲音說：「我們看到他後來介紹的馬雅文化，他說有可能馬雅人的祖先是遇到了來自外星的高等生物。我當時很震撼，後來想起翁老師說古代中國人敬畏天，我想那個天也是個外星人。」

接下來的話不知他是在開玩笑還是認真的，這個人講話在這個分際上有時令人不好捉摸。

比利表情嚴肅地說：「後來我在夜裡做了一個清楚的夢，原來我是上古來地球的外星人留下的一個成員，終於我壓縮在腦海中的記憶都解開了，醒來我知道TND大夥都回去了，留下我在這裡跟小鬼們窮鬧。我轉世多次結果居然現在在光大國中二年十班修行中。也罷。夢中提示人間一切的一切都只是幻影，都是天人安排助我修行罷了。」

比利續道：「孩子們，國中生活雖苦，但瞭解一切不過一場夢，夢中所有校長老師同學都合力演出這場大戲。一旦在夢中清楚知道身在夢中，所有鳥事完全化解，身心自在，二便暢通！若遇到有痴兒不知此中真假，反而跟著認真起來的話，則必定身心俱苦終無個寧日。看二位略有仙緣，山人就隨緣點化到此！」

我覺得這位同學是不是頭腦嚇壞了，剛才的不為所動說不定不是淡定，而是嚇壞了而呆若木雞。

許述聖同學聽完比利一番胡言的反應居然是大有讚許之意！他說：「王伯伯知道了天機，實在應該開個教派，普度夢中多少無知小子。」

比利點頭道：「嗯！果然因緣殊勝！好！馬雅神教今天算是創了起來。本人以最高位階『伯伯』賜與二位，本人忝任教主，二位為左右護教伯伯，所謂林伯伯、許伯伯是也！三人合稱馬雅三伯，今天在此地現世，也算屏東有光，台灣有福！」

這時天光乍然轉強，一道金光透過雲層照在地上。這是本教啟創的神聖時刻啊！當年釋迦在菩提樹下夜觀晨星而悟道，天人同賀。此刻站在光大國中操場中央亦如當年一般！

當時我還搞不清楚整個狀況，許伯伯早已拱手為謝。許伯伯果真是天才兒童，馬上體察聖教可貴。兄弟我資質甚差，漸漸才知本教於世界人類之身心靈大有裨益！

許伯伯述聖同學笑道：「我覺得現在心情好太多了。再看人間鳥事，必定腹中狂笑而臉上帶著微笑來面對。這才是真正人生妙諦！」

我當時只覺得有趣，只以三伯相稱。想人家國中高中頂多加入幫派，不料我們居然創立宗教。

比利又道：「今天本教教化尊者吳老大才演完一場丟考卷教化眾生的好戲，明天必有眾同學發憤向上的續集。大家辛苦了。」

正要誇一下王伯伯的教示有理時。許伯伯聖公忽然好像想起什麼似地。他常常會發一種呆，有人說是在思考，也有人說是純粹的一種呆。只見他似乎看見了我教光明前程的道路上有些變化吧……

只一會功夫，他臉上失去了光采，他面情痛苦而不禁難過地說道：「可是週一早上數學課要發考卷，土匪他說會拿出他的神器『千年帶刺竹根』，也就是俗稱的『大頭棍』出場。我哥說他被打到一次之後，終知本校其他所有體罰都是如過眼雲煙一般，可說是曾經滄海難為水，除卻巫山不是雲。此物一出無人不懼、何人不畏。真只有『誰與爭峰』四字可以說明！王伯伯，我明知人間一切都是幻象，但這棍一打下去卻又必是真實無比，比十足真金還真啊！」

許伯伯一說，馬雅教三伯頓時無言。此時朔風野大，日沒雲移。天色又漸復暗。

終於比利開嘆道：「正義的力量固然大，但邪惡的力量終不可避。本教一開教就有考驗。也是殊勝。」

我們再無話說，騎上單車回家。

第五回

活血通經大頭棍
健體強身詠蛙詩

星期一的早晨，地球還是正常地在軌道上運行。馬雅神教三伯因在上週先有了心理準備。大家「做了過河卒子」，只得「拚命向前」了。

但第一節是翁老師的國文課，翁老師的課最有意思了，我個人非常喜歡國文課。她是我們在文學上的啟蒙老師。她總是花最大的耐心教我們在考試之外的課題。有一次她提到詩的創作，引發了大家很多的興趣

翁老師提到孔子所說的這一句話：「小子，何莫學夫詩？詩可以興，可以觀，可以群，可以怨；邇之事父，遠之事君；多識於鳥獸草木之名。」詩歌不是大文學家的專利，更是每個知識份子投射心靈活動於文學的方式。是文學創作裡感染力最強的文體。

也不知道為什麼，在國中的時候被老師一說就對文學產生了莫大的興趣。那時大家會寫些其實非常不成熟的新舊詩，現在看來當然幼稚可笑，但當時自己還真的覺得自己頗有文采。我愛寫些絕句律詩之類的。記得有〈詠蛙詩〉一首：

詠蛙（二年十班林旺東蛙跳後有感）

南台有蛙棲何處，
起落縱橫此地多。

總謂年少不知苦，
仍惜青衿難解愁。
平地奮起豈待人，
長途挺進且看我。
跳罷輕身無所適，
回首欣喜喚王伯。

我呈上去給翁老師看，她笑了老半天之後說：「平仄還有問題，內容堆砌陳字太過。雖不能算太切題但也算能表達心中意思。只有最後一句的用典老師不是很懂。」哎，老師當然不懂，這典故是本小說的讀者才懂的。

而王伯伯愛寫一種他自創的「王伯伯說話體」。這其中有敘述、有抒情更有新詩體例。他常說孔子平時說的話就成了論語，而本教教主王伯伯說的話就成了本教教典。這其中有論情、說愛、臆語、狂言，都是有所啟發而文以載道的。只是他寫完也不太傳世。但有一次我拿給翁老師看。

翁老師說：「雖然老師也不太能懂他的詩。但這是他全然的創作。比合體例規則的詩更為難得！也許他可以開出一條文學的新路！」老師的鼓勵真是有力啊！

今天老師正在講吳晟的新詩，本來應該是很令本教教眾喜愛的。但大家的心情都很沉重。因為只要一下課，下一節就是數學課「土匪」莊老師發考卷的時間了！

這「土匪」莊老師是本地知名數學老師。生得濃眉大眼、人高馬大，一瞪眼準叫你手足發軟。因打人用心，處罰實在，能讓頑童皮蛋等痛改前非用心數學，復以高壓教學方式成功帶出不少升學成果，頗受本地家長之信賴和喜愛。本來就以凶殘恐怖聞名，復加上他偶然在屏東佳冬一帶得到一稱手之打人寶物，足以讓頑廉儒立、河清水晏。江湖上傳出只要他拿出那「千年帶刺竹根」（俗稱「大頭棍」），沒有人不拚死命讀好數學。又有一說是此物是受天地靈氣所感而生，傳說只在落山風的吹襲下挺立的多年生竹子偶然才會成形。此物雖硬，但大力打下時又有一股強大的彈性，能在末端有瞬間高達音速的運動。竹根少見有此光滑表皮的，但光滑表皮上但見小小突起四佈，一旦打人會留下不少小點在手上，往往在兩天後該點泛紫轉黑，多要七七四十九天才會平復。不少故老指出此物常打之下會刺激數學細胞異常增生起來，據傳某生數學一直很差，經不斷以此物毒打之後果然突飛猛進，最後考取建中，引為本地一則佳話！可謂是光大國中之杏壇芬芳篇章。

早上第二節數學課。土匪老師走進教室，臉上有一種休閒風的快意，可能星期天打麻將有贏了不少。他的笑看起來還是令人覺得怕怕的。而他手上果然是拿著「大頭棍」。他之前對本班都只用一般市售籐條，取其簡單易得，我校教務處大量準備了這種有助教學發展的教具。但自從上次月考本班數學成績也輸給軍樂班而屈居第二之後，他就決定給大家一些比較強烈的刺激。上週五他說那天的小考若考不好就用大頭棍來鼓勵一下！

該來的總是來了。我們只好挺向前去面對人生的風風雨雨！

「這次的考試呢，有些人還可以。但大多數的同學這樣可能在本校會被打得頭都抬不起來。除了陳巨炳同學考了將近滿分不論之外，其餘同學我會擴大鼓勵，離一百分每十分打一下，相信會對大家起著很重要的幫助的。」

接下來就是發考卷了。他要大家先看好有沒有改錯，再一一出來「被鼓勵」。你看看老師是這樣地用心啊！

我倒抽一口冷氣，看來今日難逃一打。大家都非常地害怕，我也不例外，只看許伯伯眼看天花板默然不語，我也無奈地等著看要打幾下……

八十九分，我覺得自己也算是有努力了，但因為土匪老師要擴大鼓勵，還是要打兩下，我也只好認了。

許伯伯比了手勢說他也有兩下要打，表情相當淒苦，我看了看比利，他沒有什麼表示。只是臉上有一種淡淡的不屑，這種淡淡不屑的表情告訴我，他已經進入了天人看地球的模式。

終於該來的要來了。大家看著本教許伯伯走上祭壇，伸出雙手向上。彷彿要承接著天上的賜與一般。

土匪老師嘆道：「天才還是要練習啊……」

但語音未畢卻見手起棍落，迅速確實的兩下已經打完。土匪不愧是本校一代名師，下手可說間不容情，那力和美兼俱的手法，在學生欲抽手又不敢抽手、似怨恨又不敢怨恨中全然展現。後來那什麼「暴力美學」的，個人覺得都不如土匪老師的表現來得有藝術性。

只見那許伯伯表情抑制，像是想把痛只留在手心。他依例向老師敬禮，目光早已呆滯。雖全身因疼痛微微振動，但還是力保尊嚴地緩步走回座位。他心中的感受，相信只能用「如人飲水冷暖自知」來形容。

同學們陸續上場接受打擊。有人如喪考妣，有人從容赴義，有人……還算蠻習慣的。現場響聲四起，神經傳導著各式疼痛，愛的教育在心靈滋長中。

接下來就是小弟上場了，我伸出手來。那感覺好像坐雲霄飛車一開始的緩慢上坡。但土匪老師在打人前都不免在精神上先戳破你心中最後的虛驕。

只見土匪老師面帶魔幻式的微笑期許道：「林旺東，你要再努力啊。你在本班算有希望的，可是這種題目都寫成這樣……」

這時只感到一陣巨痛由手心直傳入心，再經全身經絡走入各臟腑裡，酸麻脹痛的感覺不一而足，全身毛孔緊縮，眼前幾乎一黑。

但第二下隨後又至，這一下如油澆火，直上腦門，而腳底一種涼意泛生，好似全身一點真氣都要外洩一般。一時手心處向全身如有無數小螞蟻湧出，四處咬蝕，幾欲令人有出世之想。心中雖然有怨氣，但肉體上的痛能讓人完全失去生氣的力量。

向老師行完禮回座，覺得和許伯伯的心中漸能交流。

正在運氣平息痛處時，抬頭才見比利已經打完三下。他居然忍不住……笑了起來，這時土匪也都一時反應不過來。全班同學都也不知發生了什麼事。空氣一時似乎凝結，神器「大頭棍」出江湖以來，還沒有在棍前笑出來的。

這土匪老師正要質問時，王伯伯向他擺了擺手說：「非常謝謝老師。」土匪老師再欲開口。他已經一邊兩手合握一邊走回座位，臉上終是一種輕蔑的笑意。

土匪再想說什麼也就不說作罷了。因為這一切比起什麼魔幻小說更令人有錯亂的感覺。他或許有點懼怕這個學生可能已失心瘋了，或許他一時覺得這一切都是幻像而反應不及。總之他沒有什麼後續行為。

那一節課，我在疼痛中回味著王伯伯的這種荒謬大師的奇幻表現。不時還看看若無其事的他。

下課後本想找他聊聊。但他早被幾個同學拉去我校他最喜歡的教學設施「福利社」，說是去喝瓶豆漿壓壓驚。我正要跟著一起去時，前面提到的本班帥哥寶二爺跑來找我，他一把將我拉到一邊說道：「我有一個非常重大的發現，你要幫我個忙……」

第六回

「香江靚女難一見　屏北佳人偶遇之」

只見比利早已經走遠，我只好問寶二爺到底是什麼事這麼重要。

「你知道有一個從香港來的轉學生叫何詠妍的嗎？」寶二爺說。

「我知道。她一來就成了風雲人物。」這一個女生長得非常漂亮，當時她一來我校，不到一週全校都知道有這樣一個從香港來的大美女。但有多漂亮呢？我現在也想不起來了。

要知道當年的國中裡，因為港劇的流行造成大家對香港的好感很大，有位成績很好的張齊家同學就曾說：「香港人真好，每天電視打開就是港劇哩！」但居然有從香港來的轉學生，那真是不得了的一件大事。有人說她比香港的那個「楚留香的蘇蓉蓉」還要漂亮，又有人說她是在香港太多人追才被父母送來台灣親戚家專心讀書，也有人說她根本不是國中生，是中共在香港的特務組識派來台灣搞破壞的女間諜。

寶二爺說：「比利說他有一個線民把她住哪裡的情報找出來了。原來她住在她外婆家，在屏東市中心區一家叫『北海號』的商店裡。聽說她常站在北海號二樓的陽台上看市區的風景。」

我有點疑惑地問：「那和我有什麼關係呢？」

寶二爺小聲說：「星期天下午我想去她家樓下對街去等她出來，但我爸爸管得嚴，自己沒事亂跑沒個交代不好。你住得近，來找我去打球的話家裡必不起疑。順便你也陪我去等，兩個人站在路邊說話看起來比一個人沒事就在那裡站著好多了。」

「可是……我……我要去修我妹妹的腳踏車。後輪內胎爆了。」

寶二爺笑道：「那是小事。我不是計畫要自己騎腳踏車北上遠到高雄嗎？補內胎這個必要技巧我會，給你們個免費的！」

◆

到了中午吃飯，我和許伯伯（原稱逑聖）圍坐在比利的桌子旁吃飯，這才問了比利早上數學課的事。

王伯伯比利做了個無可奈何的表情。他咬了口蘿蔔乾，含了一會兒湯匙。

「各位我教教友們，這是一次重大勝利啊。」比利認真地說。

「我第一次感受到地球上生活的荒謬性是真實地存在著。面對土匪帶來的痛，我只用『再強能有多強』這樣的疑問來看待，可能期望得高，結果卻還是在接受範圍內，我當時用一種慈悲到像是天神看一隻小螞蟻的眼神看著他，沒有遮掩而完全直視，甚至我現出真正關愛可憐眾生的笑容來，就這樣地看著他，他反而覺得不敢直視我的目光。因為我在書上看過：所有屠夫最深沉的內心都是有恐懼的。」

我和許伯伯睜大眼睛看著這樣一位智者，不愧是我教教主。感動之餘我和許伯伯都各吃了一大口飯。

這一番談話是這樣地感人至深，總之什麼歪理在他口中說來都是那樣名正言順、合情合理。

就在我們自認對人性有通透認識的這一刻，我們也不能不聽到教室裡其他的討論。

「土匪這下開始在十班用大頭棍了，日子不好過了。」

「我和我爸商量後，我想還是去土匪那裡補數學好了，一定要把數學考好，日子才能過下去。」

「手上的瘀點漸漸開始轉黑，才知道學長所說的果然沒有錯。聽說第二天更痛！」

「我決定數學再不學好就要轉學了。」

「ＴＭＤ，學不好數學誓不為人。」

「數學就是我的命，如果我不把數學當成命，它就會要了我的命！」

聽著同學們的討論，才覺得「一個深刻的教育，是不是靠著受教者身體的苦痛感受來傳導教育者的期許，是最為深刻而真實呢？」體罰的教育在我們這些過來人來看，有時也分不清是好是壞了。

我感到有點悲涼，數學家們在這幾百年來的努力後建立的數學體系，是要用來說明和描述這個世界的萬物的，是這樣地理性和完美。如今在這裡的人們卻用這樣的態度來看它。

這時我又想起了寶二爺說的那件事，因而問比利：「寶二爺本身如此神通廣大都打探不到何詠妍的情報，教主怎麼會如此神通廣大呢？」

許伯伯也不解道：「王伯伯，你怎麼會有在女生班的線民啊？」

比利笑道：「天聽自我民聽，天視自我民視。可見『天』雖高，但還是要有『民』來完整它的能力！本教有線民是很平常的事，請大家不要太驚訝。」

比利吃了口飯又說：「那何詠妍轉去的那班不是有個米粉妹嗎？就是那個有個米粉頭的女生。」

「啊！米粉妹喔。」我們叫道。不少同學了也聚了過來。

比利咬了一下便當裡的油豆腐，慢慢吞下。看著大家聳聳肩道：「她和我算是很熟的。寶二爺說她對那香港妹有興趣，所以我那天去縣立游泳池玩水時就順便問了和何女同班的米粉妹有關何女的情報。」

米粉妹是一個高大可愛的女生，也有不少本班同學一再地討論著她。這米粉妹天生的捲髮，長得高挑清秀，白裡透紅臉上略有雀斑，平日表情甚為高傲，一般不太容易親近的。本班確實有幾位同學都想辦法認識她，但是都沒有成功過。

只有一次本班的班長胖帥和一群同學在本班同學最愛去吃的一家在縣立游泳池旁的無名黑輪店中遇到她。因為他們是鄰居，胖帥上前打招呼，米粉妹隨手稍微地揮了一下手就低頭吃黑輪。光是這件事就在江湖上傳揚一時。大家已經對胖帥的敬仰如滔滔之江水了。

但我們王伯伯什麼時侯又認識了她？難道是親戚還是兩家是世交？否則如此隱密而又迅速確實地達成「和她很熟」這種任務是不容易，不愧是教主。

大家不免都聚上來想問他有關米粉妹的事，但王伯伯擺擺手一派輕鬆地說：「也就是可以聊聊心情、分享一些感受的好朋友，不是重點、不是重點。」大家這時都傻眼了，眼前這位教主可以說是令人看不透啊。

這時我好奇問道：「你還約她去游泳啊？」

王伯伯揮手笑道：「偶遇，是偶遇！人生總是充滿了偶遇。」

第七回

樓臺相會北海號
太虛幻境蒸飯房

這時寶二爺也跑了過來說：「對吼，我都沒注意王伯伯怎麼會認識米粉妹的。」

比利笑道：「徐志摩說：『說來你們也是不信的！』有一次我去書局買書。正在隨意看著一本威爾杜蘭的《西洋哲學史話》，抬頭正好看到米粉妹，她笑著問我是不是十班的。我想我又不是什麼風雲人物，她怎麼會知道我呢？她又問我是不是對哲學有興趣，我說可能有一點，她說她有一本這本書，這本書非常生動且深入淺出。」

比利喝了一口開水，摸摸他那高大有型的鼻子說：「我們站在那裡聊了很久，她說一般同年齡的男生都比較幼稚，沒想到有這樣一位成熟而能獨立思考的男生。本教主有感她算是略有深度的女生，就請她去『進來涼』冰果店吃了屏東最有名的番茄切盤。我們聊了很多事。她說她不喜歡學校和考試，只想唸一些自己喜歡的書。但又覺得不得不跟著這一切潮流走，否則最後會只可能去加工出口區當女工。呵呵，她們班的導師最愛用這個來嚇人了。你不要看她一副高傲而有思想的樣子，其實內心脆弱和不安是難以想像的。我們又聊了很久之後，我問了她一個我一直不解的問題。」

寶二爺問：「什麼問題？是問她有沒男朋友嗎？」

比利敲了一下寶二爺的頭說：「國中女生交什麼男朋友。我只是問她為什麼知道我是十班的，她之前又不認識我。」

有人復說：「是啊，她怎麼知道你是十班的？」

比利道：「她說在我校約一千五百個男生中，一眼就看得出來一張與眾不同的臉，那就是我的臉。她早就注意很久了。她還說我長得像國父孫中山先生哩。」

班長胖帥這時拍掌道：「真是眼光奇特不凡的女生。我看看這張臉……」說著他握著比利的下巴，托起他的臉細看。

比利擺脫胖帥後笑說：「總之就只是這樣的一些偶遇而已，我本來對什麼米粉、乾麵的沒有興趣，只是人生的偶遇就是這樣有趣，也就是佛家所謂的『因緣不可思議』啊。」

這時同學們鼓噪起來，都說比利這傢伙運氣不錯。

寶二爺說得中肯：「那奇怪了，我們怎麼都沒有偶遇呢？只吃過藕芋而已。」

比利摸摸鼻子說：「大家不必覺得奇怪，這種偶遇意義不大的。其實現階段男女生都一直是分班的，大家完全不知道女生在想什麼，反而會有很多好奇心。我們如果放開胸懷直接面對，其實也沒有什麼。女生其實比男生早熟，人家可覺得國中男生太呆了。」

聽到這裡我不禁嘆了口氣。十四歲的那一年，我連自己要如何在升學主義的洪流下存活下來都有點沒把握，很多事情完全是一無所知啊。

後來在校園裡，我們也偶然遇見米粉妹，但她還是那副高傲不理人的樣子。但有一次我和比利抬便當去蒸，在蒸飯房外面又一次「偶遇」米粉妹，她見到比利居然由平日一副「你欠老娘一百萬」的死人臉轉而成為「蘇蓉蓉見到楚留香」那種臉。居然笑得非常開懷，那眼角的笑意眼見就要滴了下來。

蒸飯房人多聲雜，米粉妹和我們並沒有交談，但比利和她交換了一個眼神，相視無語而含蘊若有似無的莫逆之情。哎，當時的那種融洽及友善，會讓你覺得這水氣氤氳的蒸飯房簡直成了太虛幻境一樣美好。

我心中立起一座巨碑，上面寫著這一刻我對本教教主無限的景仰和感佩！

◆

至於我和寶二爺是不是去了北海號對面的馬路等人家何姑娘出來陽台呢？嗯，去是去了，但這本來不值得寫出來的一件鳥事。但又恐或有好事的讀者想知道，就在此略表述一番吧。此外，後來由故老回憶中得知本教王伯伯亦有親身參與此一全民活動。那還是不得不記上一記。

那一個星期天的下午，快過年的屏東市不再是那樣地惱熱。甚或有些涼爽的感覺。我真的去叫寶二爺出來，他風火雷電地從他家衝出來，拉著我就往市中心的北海號衝去。我們騎著腳踏車繞過中山公園，走進市中心區窄小的道路中，一路來到中央市場邊的北海號。路上居然遇到本班的同學「天竺鼠」和「花生仁」二位，原來他們才去了北海號下面徘徊了一陣子，只因肚子餓了決定先去縣立游泳池旁的黑輪攤吃一頓再說。看來教主的情報早已慈悲地如福音一樣傳了出來。我要寶二爺別去了，但他還是堅持要去。

中央市場因為年關將近非常繁忙。各種年貨攤子漸漸擺了出來。摩托車加上行人把本來在日治時代就有的狹窄道路擠得更是不堪，附近的電影院的散場更把這種擁擠推到最高潮。空氣中瀰漫著各式食物的味道和附近廟宇金香氣息，各種叫賣聲和唱片行的喇叭交互唱和，這裡完全見不到冬天的蕭索。那種熱鬧和活力，讓人感到一種濃郁的年節氣味。雖然明知過了這個年就要升國三了，但是身處在這樣的環境中還是期待著過年的到來。我由一開始並不情願的心情慢慢轉成出來逛逛的愉快心情。

寶二爺和我把車停了站在路邊交談，目光不得不看著北海號二樓的陽台，那陽台上擺滿了一些花草，古老的建築有著老式木造的門，似乎預告著一個精采的故事的開始。

我和寶二爺有一搭沒一搭地聊著，雖是他要來等人家出來。但畢竟我也是同行的人，還是有點期待她快點出來。

「寶二爺，你到底認不認識人家。」

「嗯，沒講過一句話。」二爺道。

「哇。那多奇怪啊，人家見了我們會嚇到的。」

「Don't worry! Keep waiting……」寶二爺道。

正聊著時門打了開來，我們的心也跟著震了一下。雖在光大國中看過她，但畢竟在校外還是有不同的感受。門就這樣打開了，寶二爺要有什麼行動呢？我有點想逃跑，因為覺得有點丟臉。

但隨即發現出來的是一個中年的歐基桑，可能是何詠妍的親人吧。他站在陽台上抽了一根菸。當他往這邊看過來時，我們裝著在路邊檢查腳踏車的輪胎。他站了多久我們也不知道，只是偶爾用眼睛的餘光看一下。

就在某一次把目光往上瞧時，發現陽台上換個人站在那裡。千里來龍在此結穴，正是那香江美人何詠妍小姐。她穿著一身紅色連身洋裝。一條白色的腰帶顯得如此有力量。墨黑的眉和明亮的眼，配上秀氣的五官，四周的一切塵擾都消失不見，只有她的光芒把春天提早帶來了。我們這樣仰望，總覺得她如天仙一般美麗動人。

我還在想下一步時，寶二爺已經站好向上揮手。我覺得這一切非常的呆，人家又不認識你，這樣有什麼意義呢？

但香港的女孩子畢竟不同於本地，她大方地也揮了揮手。之後她居然做了個要我們等一下的手勢。這就令我有些不懂了。

「寶二爺，這是怎麼回事？」我問著滿臉笑意的他。

但只見何詠妍居然從北海號走了出來。

我有點嚇得想走了。但寶二爺站定不動，我也不知要如何是好。

「你是十班的。」何詠妍用一種非常可愛動人廣東國語問寶二爺：「上次英文演講比賽你和一個胖胖帥帥的男生坐在我旁邊是嗎？」

「Yes, that's me.」寶二爺用標準屏東風格的美式英語道。

第八回

登高樓美人獨盼
立街市英雄同歡

近距離看何詠妍，可以清楚地看到她白裡透紅的皮膚吹彈可破，總覺得她身上似乎散發著一種自然的香氣，可能也是從小吃冷香丸之類的長大的。但我不敢把眼光停在她的身上，怕她覺得我心存不正，但想想沒事跑到人家住家對街的應非善類。早知道就不要答應寶二爺和他來。一時無奈，只好四處亂看。

何小姐問道：「你們怎麼會在這裡。」

她這樣一問，我一時覺得很不好意思。

但聽得寶二爺說道：「嗯……偶然在這裡路過，感覺單車好像沒氣了，就下來看看。沒想到在這裡看到妳。」

我聽了大為讚嘆，寶二爺不愧是見過大風大浪大陣仗的人！在來之前他還拿出打氣筒剛打了氣。這種鬼話講來居然臉不紅氣不喘而中氣十足的。這種人才不來選個什麼國大代表、省議員什麼的太可惜了。

「上次英文比賽時間短，本想和妳打打招呼的，但沒有機會。妳好，我叫吳家寶。」

何詠妍笑了笑說：「上次比賽時你上台時說了。我很有印象的。你和那個壯壯的男生都是十班的嘛。嗯……這位是……」

寶二爺指著我說：「這位是本班的好學生林旺東。他書法寫得好，還會做詩畫畫啊。也算是我屏東才子了。」

我有點不好意思地脫口說：「豈敢，豈敢。這倒叫這位姑娘見笑了。」

說完我覺得我是在胡說些什麼，可能港劇看多了，以為香港人都這樣說話。當時感覺真是太遜了。

何詠妍笑說：「這位真是今之古人啊！」

我乾笑了兩聲，忽然想起了「子見南子」這件事。我想孔老夫子當時會這麼氣急敗壞，美人的影響真不小。

只見寶二爺才想講些什麼的時候，何詠妍忽然問：「有一件事想問一下你們。」

「什麼事，但說無妨」寶二爺說。

何詠妍說：「想向你們打聽一個人……」

「喔，何同學要向我們打聽一個人啊？」寶二爺奇道。

何詠妍居然一臉嬌羞地說：「有一位叫……叫……王比利的是你們班的同學吧。我想認識一下……」

「王比利！」我和寶二爺驚叫道：「妳要認識王比利！」

寶二爺說：「這個……有關這個這個……王比利嘛，妳不用認識沒有關係。他個性有點怪不太和人家隨便打交道的。」

我看著寶二爺，想幫教主說兩句。但又一時不知怎麼開口。

但見何詠妍顰眉道：「有人告訴我他是我們學校裡不得不認識的一個最是有趣的人。他還創立了一個宗教叫馬雅神教不是嗎？」

我張大著口呆呆地望著何詠妍，想不到本教雖行事一向低調小心。但誰知威名早已傳遍海內外。

（是真的嗎？我實在不敢相信。）

寶二爺搖頭道：「沒有的事。好孩子不要亂信這種謠言什麼的。我們做人不可迷信，對！對！千萬不要誤信怪力亂神。」

正當我也想為我教之清譽講兩句時，只見對街北海號跑出一個長相清秀可愛的小男孩叫著：「阿姊，妳快地進嚟食生果。我哋系度食。如果唔快點就冇啦。」

何詠妍答了聲：「我知，不該你哋等我一陣先。」

但小男孩大叫了好幾次。何詠妍只好說：「不好意思。那下次見吧。」

於是她就走了進去。街道上人潮其實還是來往不息，但我感覺卻是立刻冷清下來。

我們呆呆地又站了一會兒。寶二爺才不禁嘆了口氣：「教主王伯伯的影響力真不小。」

「連我身為護法居然不知教主的種種祕密行事，有愧！有愧！」我說。

我們決定回家前也先去縣立游泳池旁的黑輪攤吃一頓。正要離開時只見兩個國中生走了過來。仔細一看，一位是胖帥，另一位居然是本教教主王伯伯。

那胖帥走近前來道：「原來你們也來看看北海風光嗎？剛才在我家附近那個縣立游泳池旁的黑輪攤前面，遇到『天竺鼠』和『花生仁』二位同學。原來他們才跑來北海號前晃了晃。我就想不知這北海號有什麼特別，就找了王伯伯一起過來看一下。」

我見了教主就行了一下本教的禮，只聽王伯伯道：「我本來在聽古典音樂看看閒書，這人就來我家叫我說要出來。本來有點疏懶，但想想也是出來人間遊行一下，看看國中傻孩子會做的事有多好笑。」

胖帥問我有沒有見到何詠妍。我正要回他，寶二爺搶著說：「沒有沒有。白等了一個下午。」

這時又見一遠方來了一位同學，是本班號稱「周公」的周真田同學。只見他一手騎單車一手拿著一杯冬瓜茶之類的過來。

「喂喂喂，我們是打算在北海號前開班會嗎？」王伯伯笑道。

寶二爺這時說：「算了，大家別無聊了。我們一起去縣立游泳池旁的黑輪攤吃點東西好了。本人請大家一人喝一碗湯，算我的。」

胖帥捶了寶二爺一下說：「縣立游泳池旁的黑輪攤的湯本來就免費的！」

第九回

「池畔青衿饕餮眾 攤前豆蔻語攝人」

一行人來到縣立游泳池旁的黑輪攤。這黑輪攤並沒有任何招牌，完全樸實無華的門面，室內不大，只好在外面再拉起篷子。內外只擺上幾張桌椅，這樣的一派簡單直接。卻正是屏東市最有名的一間黑輪店。

和寶二爺在外面站了許久肚子也餓了，來到這黑輪攤只見在檯子上有油炸和水煮的兩大類黑輪。這黑輪是用魚漿麵粉炸的一種國人愛吃的平民食物。可煎可炸可煮可烤，種類多到令人驚喜不已。一排排的各色黑輪擺出的陣式驚人。那是一種視覺上先帶來的滿足和快慰。水煮的這一邊在一格格不鏽鋼的方正湯容器裡煮著，一陣清香蒸氣從湯裡冒出來，一顆顆肥大誘人的各式丸子也在不同格湯裡散發著催人快取的姿態，長短形狀不一的水煮黑輪有扁圓型、長方型、條狀、柱狀，各個都閃耀著迷人的色澤令人微暈。別忘了湯裡還有煮得極爛的菜頭，半透明的菜頭告訴我們它是這樣香甜無筋而細軟迷人。當你可以自由選擇你要的食物時，那是一種對無奈而壓抑的國中生的一種救贖，十四歲的我們在日常生活中能自己做主做選擇的機會不多，一次黑輪攤前選黑輪的過程中，我終於做出適性適情的真實選擇。那樣地富有全面掌控的成就感及與人不同的榮譽感，是一種不能取代的儀式。

選完水煮部分還有油炸的部分，這是另一個使吃黑輪全程更完整的過程。不同於水煮部分是自己來執取生命中的所需，油炸部分就加上了老闆或老闆娘的精采表演，更是令人覺得亢奮。你只要點選好了心中理想的黑輪，無論哪一種都任君選擇，包括我最愛的雞腿型的黑輪。那老闆和老闆娘都看來有一種書卷氣不像市井小販，一站在油鍋前就有一種職人的自信和從容，一旦選好後主炸者（老闆或老闆娘）會迅速把你選的投入油鍋中，那黑輪在熱油中馬上產生許多氣泡，顏色立刻由淺轉金黃而略發出吱吱聲，只見主炸者用鋼夾子左右略調動一下鍋中的炸物，這時你飢餓已極，但主炸者仍悠閒地順手收了兩個只選水煮者的錢。就在你的意志要開始潰散的時候，他快速地把所有炸好的黑輪夾起放在鍋旁鐵絲架上讓油滴盡。那空氣中的香氣眼看要點燃你的飢餓炸彈時，主炸者會問你「要加醬嗎？」這時你知道整個儀式就要結束，那深色但其實略金黃的油膏加上去的那一刻，主炸者把錢也已經算好，一般來說大約在十元左右，如果加上一瓶他們特製的香甜冰涼的冬瓜也不過加三元。付錢入座，取桌上的番茄醬和辣醬加上，那直冒的熱煙已經不能再阻擋飢餓的孩子了，一口咬下紅黑油膏相間的黑輪，讓一整個鮮美感受充塞於天地之間，這時覺得國中生活再難過，也都化成雲煙飄散。

大家一開始都猛力地吃著，連交談都有些吃力。一直到吃得有個七八分飽了，大家才放下筷子去舀湯喝。

這免費的湯是另一項精采的部分。在煮黑輪的鋼製格子裡有一格是只有湯的，這一格的湯可以免費舀取，那每一格之間其實是有互通的，所有的精華都煮進湯裡了，你說這湯能不鮮甜濃郁嗎？而且湯格子裡常有別格飄來的小塊食材，有時還可舀到兩塊以上不小的。老闆通常都會默許這樣的驚喜，於是造成有心人總是很仔細地舀。舀好湯後加上一點旁邊準備好的香菜、芹菜末，深青淺綠地在濃白的湯上浮沉，看來就非常賞心悅目，比那法國米其林名廚煮的湯還好看許多。而那高雅清新的香味更是上品。這全屏東最好的湯居然是免費的，這讓人覺得我寶島真是物饒民豐、人間天堂啊！

大家吃飽了喝完湯，才能放寬心漸漸地聊了起來。

周公就說了：「我才剛剛路過北海號那裡，啊……真的只是路過、路過啦。奇怪的是怎麼大家都在。」說完他又笑了一陣子，他眼睛笑成一條線的樣子很有趣。

胖帥故意不屑地說：「那真是巧，本人也是路過那裡。但寶二爺說等了半天何詠妍小姐也是白等什麼的……」

我正待要說出真相，寶二爺一把抓住了我說：「比利的情報說不定是錯的。可能被線民妹妹給騙了。教主英明一世但碰到美眉有時不免呆呆的。」

「嗯……本教主對情報的提供是基於社會大眾之利益，但不提供任何保證，謹供各界參考而已。」比利喝了口湯後說。

寶二爺還在向我使眼色，我決定不管了直接說：「各位同學，也許我們可以不用再去等那位香港小姐出來了。因為……」

我想了一秒後，略改了一下說法道：「因為目前馬雅神教已經在世界漸漸受到世人喜愛和尊敬，也許我們教主的威德和驚人帥氣可以感化何詠妍小姐自動歸化我馬雅神教，同沐星光，共享仙福。讓她自己來找我們會比較簡單吧！」

胖帥搖頭嘆息道：「這位同學病得不輕，頭殼好像有點給他燒壞了。」

周公也伸手摸了我的頭說：「咦，沒有很燒嘛！」

比利放下湯匙點了點頭，完全正經忍笑道：「非也！林伯伯所言甚是有理，相信我教聖潔的光可以感動這位迷途知返的少女，她如果來歸順我教，也算是她個人造化，其福份不小。」

大家笑鬧成一團，但我知道比利所言是真的，而何詠妍小姐真的是在打探他。不過這種種個中真相也許只有本小說的讀者知道了。世界上的一些祕辛總是在世人不察之下消失於荒煙蔓草或鄉談野語之間。令人思之不免憮然。

就在大家嬉笑之際。有個女生也走進這個攤子，她一走進來，大家立刻都靜了下來，周公手中的一顆丸子還掉到地下，但他完全不去管丸子，沒有人會去注意什麼丸子之類。大家都目瞪口呆地看著這個女生。在黃昏的夕陽光影下一切顯得如此不真實，彷彿是一個停格的泛黃老式電影的畫面，又像一幅印象派的畫。

但只聽一個可愛動聽的聲音說：
「老闆，給我一個最大的碗。」

第十回

「莊妹妹偶見風情現
王伯伯妙繪天機開」

各位看倌，您道這位走進黑輪攤的女生是誰，為什麼大家都這樣驚訝呢？

一般來說，本校女生很少見到來這個攤子吃黑輪，但也不是說不會來。但是這一位小姐會在這裡出現卻是難得一見的。

她，就是我們光大國中十九班的莊玉曉同學，也就是我們大家聞之色變的土匪老師的女兒。

這位莊小姐長得很是漂亮，也算是本校美女之一，濃眉大眼的特徵分明是老師的遺傳，但不顯得霸氣，除了略添一點可愛的英氣之外，卻更造就了她五官的美。身形算是高大有緻，一頭黑得發亮的短髮很是動人。嗯，好吧，這短髮不算特點，其實那時侯全校女生都規定要留短髮的。第一次大家見過她之後，都覺得這種遺傳是有些不可思議。心中反應是五味雜陳的。

我們的反應主要也是怕土匪也來這裡，但同時察看了一下發現她是自己騎單車來的。心情是略有放鬆一些。

當大家全心看著她走進來時，這時我忽然注意到就只有比利一人還是不為一切所動地喝著黑輪湯。他是這樣地悠閒和從容。那一碗黑輪湯在他前面彷彿是杯巴拿馬香格里拉莊園埃斯梅拉達咖啡，或是雲頂一九一九單一麥芽威士忌。他瞇著眼睛安靜而細細地品味著。

好了，不要管他，還是來看莊同學吧。只見玉曉同學點好了她要的黑輪和丸子，老闆問她要在這裡堂吃還是外帶時，她看看我們這裡這一大群的男生，想了一下說：「那……外帶好了。再加一瓶冬瓜茶！」

就在老闆油炸表演的過程時，她大大方方地向我們這裡揮了個手走了過來。「你們是十班的同學吧。」她笑著說。語氣中是這樣地和氣可親。

我們不知如何回應時，只見比利抬起頭來很自然地說：「老師沒有來嗎？」

玉曉同學吐了一下舌頭說：「我是自己溜出來的。」

那表情還真是可愛的很，原來她也怕莊老師。好像一時之間和我們的距離又拉進了不少。大家算是一國的。

她忽然轉頭問我：「你是林惠如的哥哥吧！妳妹妹和我妹是同學。」

我只好還是呆呆的說：「惠如正是舍妹！在下林旺東，別號阿旺。」

胖帥笑道：「別號阿旺？這種土不拉幾的一般叫做渾名！」

大家都笑成一團。看著玉曉同學也一起在笑，我忽然發現她好可愛。

這時她的黑輪包好了。我看她有點想在這裡吃，但大概是覺得還是不妥，於是她就走了，留下這群錯愕的男生。

這時大家開始七嘴八舌的討論著方才發生的事。我被大家取笑地有些臉紅。

這時我嚴正地發表談話：「其實我最早知道土匪有個和我們同一年級的漂亮女兒時，心裡就生了一個歹毒的主意。」

大家這時都興趣很高地看著我。

我接著說：「我想總有一天我一定要追到她！然後讓她愛我愛得要命！」

寶二爺笑道：「被你追到算不錯啊，怎麼會歹毒呢？」

「話還沒說完嘛。」我正色道：「這歹毒的部分就是……當她非常愛我時，我會毫不留情地把她給狠狠地甩了！讓她在痛苦中流淚！」

「哇，果然是歹毒，但後來呢？有開始嗎？」周公忙說。

「哎，有一次許伯伯指她給我看了，我看了一下，頓時就想說冤冤相報何時了，老師也是一番苦心希望我們能出頭。」我說。大家聽了臉上露出一絲不以為然的表情。

這寶二爺哼了一聲說：「這原是被其美色所惑，一時仇恨心都不復了。也算是色大膽小一類的。」

教主王伯伯這時品味完這最後一滴湯後說：「我教一向仁民愛物，林伯伯能把仇恨心放下實屬難得。所以你可以不用再追玉曉同學，還是由我來得了。」

周公舉手道：「這種小任務教主不用出手，我來就可以了。」

寶二爺說：「我個人決定不記仇而化干戈為玉帛，不如小弟來出手。」

這時班長胖帥說：「乾脆做個籤大家來抽好了。讓天命決定！」

大家復又笑了。這天的巧遇讓大家都覺得這個女生真是有意思。

這一個快樂的星期天很快結束了，又是一個星期的開始！

國中時覺得一週一週地過著變化不大而緊張的日子，不知道要什麼時候才會結束國中生活。也許是這樣無奈的歲月，我們才只好自己構築自己的幻想世界。一些異想天開的點子，一些不切實際的計畫，一點自我感覺良好的想像。

有時只好試著讓自己去接受這一切。坐在教室裡如果用心在學習裡，還是會產生一些樂趣。比方說簡老師的美術課，或是翁老師的國文課都是我很喜歡的課程。有一次美術簡老師就要大家畫一下自己想畫的題目。

「什麼都能畫嗎？」有同學問。

有著有趣小鬍子的簡老師說：「是的。都可以畫。」

「但如果是抽象畫呢？」

老師又說：「也是可以，但必須說明畫的涵意，要說到我能接受才可以交卷。」

一時大家都興高采烈地畫了起來。

我喜歡畫畫，其實書包裡正有一本屏東翠光畫會的畫冊，裡面有一張簡老師的畫。於是我就大膽地做了個模仿。還記得那是畫一個陋巷的黃昏景象。

畫到一半，站起來看看大家畫些什麼，就看到王伯伯居然畫了一大團亂七八糟各種顏色的線。

「王伯伯這是在畫什麼啊？」我奇道，心想一定有一番深意。

「沒什麼，想不出畫什麼就決定隨便畫個抽象畫！」比利嘴角微微帶笑說。

「不是要說明畫的涵意嗎？」

王伯伯正色說：「地球人注意：這幅畫要告訴你一個宇宙的大祕密！」

第十一回

天機啟眾全憑嘴
神器隱世一轉身

簡老師後來就開始一個個地看了起來，他是一位很酷的老師。給了我不少在藝術上的啟發。

簡老師走了過來看到我的畫，他看了之後笑著說：「你要模仿我的畫啊！嗯，也不是不行，在中國書畫裡，臨摹是一項重要的步驟。我是主張在一開始先臨摹來體會先輩的技法和思路的。很好很好！」

從他笑咪咪的眼睛中看得來出他真是有幾分嘉許的。看來小弟這馬屁拍得不差。但是他還是拿起筆來把一些顏色在調色盤上調了一下幫我在紙上加了幾筆。

簡老師笑道：「看你算是有心，你臨摩的相常認真。我就來告訴你一個水彩畫會大有進步的心法好了。在畫水彩畫的時候，不要用最鮮明的顏料原色，事實上在自然界可以說沒有完全絕對鮮明單純的顏色，所以你可以在顏色中加入一點黑或白色，這樣不但會統一色彩的質感，在感覺上會比較接近真實世界的反應。」

我聽了恍然大悟，覺得自己的功力又一日千里了。哎，當年簡老師對我真好，但我後來還是沒有成為一個畫家，總覺得多少有點對不起老師。

簡老師又說：「當然，這只是一種藝術形態的表現方法，有時用完全鮮明的顏料原色也是另一種藝術形式。」

老師這時又走過去看著比利，因為此時本教教主正看著窗外發呆呢。

這個時候的比利正用雙手托著頭，靜靜的看著窗外。表情是這樣寧靜自得但外人卻迷離難解。我順著他眼光往外看去，光大國中的中庭還是那樣充滿特殊風味的俗麗有趣，但今天沒有什麼太大變化。幾個俗艷的紅色涼亭和紅色佈告欄、拱門在一片綠色的校樹中，在初春的陽光下顯得這樣冷清。我不知道這樣的場景能夠讓他看出些什麼，但是他有大半節課都是維持向外看的那個鳥樣子，簡老師忍不住要來看看他是在畫什麼。

簡老師輕輕敲著比利的頭說：「王比利，我來看看你畫的這是什麼呀？」

比利無可奈何地說：「老師是看不出來嗎？這就是線條！」

「線條？好了。你跟我解釋一下到底這些線條的用意是什麼？如果胡說八道就不收你這一張作業。」

教主比利抓抓頭說：「這個線條嘛……老師有沒有注意到，這每一個線條呢，它都有一個起點和一個終點。」

老師看了看又說：「好，說下去。」

比利的語調任何人都可以聽出來有些心虛。但他還是小心地慢慢說了下去：「但是呢，這線除了起點跟終點之外呢，還跟很多其他的線有相交，有平行，有垂直，還有交錯糾纏的情形……是吧？」

簡老師搖頭又說：「那又代表了什麼呢？」

比利道：「說這個線嗎？嗯……這線……就是說……」

比利說到這裡，一群同學全部都聚在他的旁邊，看看他想要胡說八道些什麼。但是本人及本書讀者知道教主說話總是最後會有一些道理，如果你不瞭解，那是根基太淺，因緣不深！

「你說下去。」老師說。

比利摸摸下巴說：「嗯……這代表我們在生命中總是有起點和終點，每一條線都是由起點往終點。但在這之間，它不是唯一的一條線，它總要和其他的線有所交會，這過程裡面就像是我們的人生，其實都有自己的兩端。自己是單獨的存在，但也有很多的因緣聚會，那交會有長有短，相交點也有多有少，但到了終點也就是只有自己的。而過程中的種種，還是這條線生命的一部分，但最終畢竟是單獨的。」

王伯伯說到這裡，我再仔細地看他的畫，還是一堆莫名其妙而略呈混亂的線在紙上。看不出什麼哲理來。

王伯伯此時抬起頭來，臉上開始泛出教主的祥光，以充滿了自信和力量的聲音說：「所以我這幅畫叫做《人生的無奈意義和人間根本的現象》！算是一幅抽象畫，但其實再具象不過了。」

簡老師點頭笑道：「看你發呆了一節，還能說出這樣一段道理來。老師也只好服了。這幅畫我給九十分。」

教主胡亂畫了幾筆就能交卷，居然老師還給了他高分。所有同學看了都笑了起來。許伯伯做出以下的評論：「世界上還是會掰、敢掰的人能快樂地存活！」

教主講的話是多麼有道理！在這麼多年之後我們再想想他所說的話，覺得這像是一個已經全然看透人生的人能夠體悟出來的話。不知道在那麼年輕的腦袋裡，為什麼能夠蹦出這番宇宙真理來。還是說只是一時怕被老師罵而胡扯出來的話，這個我們也就不太清楚了。

無論如何，美術課還是我們大家喜歡的課。畢竟在這個美術課課堂上，沒有升學的壓力，沒有考試的逼迫，更沒有可怕的大頭棍！

但是回到數學課，我們又開始戰戰兢兢地振作起來。土匪老師的大頭棍對他來說是一個啟發青少年自立、激勵人心、提高數學學習興致的一項重要的教學工具。他一向都是棍不離身的。每次他在上數學課的時候，總是在開始上課時拿著那隻大頭棍，在講桌上輕輕地敲著。那所發出來的聲音常常會讓人覺得有點不寒而慄！往往大頭棍在手上留下的斑點都還沒有完全消失的時候，又一次的小考讓很多同學不免又添上了不少痕跡和痛楚！

雖然說本班數學成績在大頭棍的逼打下多多少少地進步了，但是大頭棍的威力還是讓大家非常地懼怕，直到有一天發生了一件事，這件事情也算是我們在國中時代所經歷的一件大事，嗯，這是什麼大事呢？

那就是大頭棍神祕消失事件！

這件事情的開始是這樣的，那天上數學課時，忽然間有一個三年級的學長跑進我們教室，他神色有異地說：「老師，班上出了事。」土匪一面問是什麼事，就跟著他準備走了出去，然後忽然又回頭說要大家自習，他吩咐一下班長要注意秩序，然後他就快步離開。出去之後，全班同學不免開始對這件事情議論紛紛。這時候非常令人驚訝的事情發生了！

周公忽然間站了起來走到講台前，因為他發現光大國中教具之王的大頭棍就在講桌上，土匪居然並沒有把它帶走，周公拿起大頭棍仔細的端詳，他表情好像在看故宮的國之重寶。這時候有好事者起鬨說，要不要把大頭棍藏起來。但是大多數良善怕事的同學都認為，如果把大頭棍偷藏了這件事被土匪發現了，恐怕事情比我們想像的還要恐怖。

於是大家你看看我、我看看你，並沒有進一步的行動。更何況老師可能就一個箭步就會跑進來。現場瀰漫著一股特殊的氣氛，你看那萬惡的大頭棍正無主地在眼前，大家又不敢對它如何，TNND古代皇帝的尚方寶劍都沒有此寶物來得威猛！想不到直到下課土匪都一直沒有回到教室來。

屜裡。

一到下課後，只見那周公居然就大膽地把大頭棍一下子地放到我們教室講桌的抽

「周公，你不想活了，這要是土匪知道了還得了。」胖帥大聲叫道。其他同學紛紛支持他的說法。

教主王伯伯冷笑地「哼」了一聲道：「我靠，想不到這周公也算是一條漢子！」

周公有點無奈地說：「沒那麼嚴重，這樣如果土匪回來問大頭棍的時候，我們可以告訴他，怕會丟掉就先幫老師安置在講桌裡，但如果他沒問……嘿嘿……」

大家都拍起手來。

看來這周公是不是好漢不知道，但頭腦還蠻清楚的。

沒想到第二天土匪走進教室的時候，居然沒有馬上提到大頭棍在哪裡這個攸關國計民生的大問題。

後來看起來土匪老師他們班上發生了一件令他頭痛的事情，那幾天上課的時候，我們也發現他有點神色不安。可能一直在想著別的事情，也就沒有再提到大頭棍。

大概過了一個禮拜後，他才偶然提到：「不知道有沒人看到我的大頭棍？我不知道要放在那裡了，你們的班上有沒有看到？」

這時候大家你看我、我看你都不敢講什麼。我偷偷地瞄了一眼周公，發現他神色自

如，並沒有露出任何表情。好小子，想不到周公正如教主所說是條漢子，還非常地沉著有底氣。等到下課後，土匪老師走了。班長胖帥確定他走遠了，才笑嘻嘻地把講台抽屜打開，想看看大頭棍是不是還在那裡。沒想到只聽到班長胖帥大叫一聲：「不見了，不見了！哇哩咧，大頭棍居然不見了！」

第十二回

智勇俱備赴險地
威德勢起持太阿

聽說古代有把太阿劍，楚王以它化解欲來搶此劍的晉國而大獲全勝。在戰事之後，楚王召來國中智者風鬍子問道：「這太阿劍為何會有如此之威力？」這風鬍子啟奏說：「回大王的話，這太阿劍是一把載道之寶劍，但內心之威德才是真正威力的所在。大王身處逆境威武不屈正是內心之威的卓越表現，正是大王的內心之威力激發出太阿劍的劍氣之威力啊！」

這土匪老師在失去了這大頭棍之後，有一天就很感嘆地說了上述的故事。意思是說劍本身不重要，重要的是劍客本身。本來大家都有些害怕他會發現大頭棍是留在本班，但看來他沒有注意到最後是留在哪裡。

後來土匪也只好用本校教務處所發的制式籐條來打人。雖然說籐條打人也是很痛的，再加上土匪為了彌補手中教具威力之不足，就把力道加大一些。但是大家要知道，之所以人人聞大頭棍而色變。自然是它會發出的一種神祕威嚇作用。一般人看到只是家家戶戶都在用的籐條，會覺得不過是人間凡物，心中的恐懼感就大大降低了不少，甚至有些常在棍子下討生活的老修行還覺得這籐條還是比較親切的。

我想起在國小畢業要進入光大國中前，有一個國小同學名喚「黑皮」的曾經告訴我說，他家是開藤製家具行的，但每年到了開學前，本地各級學校都會有人來採買籐條這種實用的愛心教具。據他的觀察指出，全屏東各級學校訂最多的就是我光大國中。

「所以我爸爸把我們家戶籍改到光大國中的學區，他說這個學校辦學很嚴謹啊！」黑皮這樣不知死活地說。

就在之後某天下午我和王伯伯一起去倒垃圾，因為那天他是值日生。那為什麼我也去呢？主要是討論一下如何光大我教的具體辦法。

倒垃圾的時候講到有關大頭棍的事情，畢竟王伯伯是自大頭棍出現江湖以來唯一鄙視它的好漢！

這時候本教教主王伯伯神祕地笑了笑說：「你知道馬雅神教對於世人最重要的貢獻是什麼？」

我一時之間也想不起來到底有什麼偉大的貢獻，畢竟自立教以來，雖有無數心中默默讚許的人（如本小說讀者），但正式教眾也不過三人。

只見王伯伯一邊順便撿起校園內的一些垃圾一邊說：「馬雅神教最重要的，就是讓眾生在當今這種荒謬無奈的世界中，得到一種內心的快樂，得到一種精神的救贖。我們要看不起所有讓我們看不起的人事物，要用得意的傻笑來表現我們的勝利！」

這和大頭棍有什麼關係嘛？我心裡暗想著。

我告訴他說：「我覺得這個大頭棍神祕失蹤的事件裡，最讓人家驚訝的是大家居然叫周公不要把大頭棍藏起來，表示還是畏於其神威的人不少。可是當它放在講台抽屜居然會不見，可見還是有完全不怕的人把它真正藏起來了。不會是周公吧？我想他膽子應該沒有這麼大。」

教主此時用平緩的聲音說：「關於這件事，我們要知道很多有利天下的事情，世界上的人都不願意做，這時候就需要有先知和勇者，需要有一個能夠『雖千萬人吾往矣』的仁人志士。而本教就是這樣會帶給世界光和熱的偉大力量。」

說完他忽然對我眨了眨眼，露出那種王伯伯式的微笑。

「本教一向功成不居，林伯伯也需保持低調！」

這時，我才忽然恍然大悟。原來……這……是王伯伯啊！

到底大頭棍藏了哪裡去了。後來又會發生了什麼驚天地泣鬼神的事呢？這個我們就留在後面慢慢來講。畢竟這後面的事是之後發生的，影響也甚是巨大。

時間過得很快，本校二年級一件重要活動就要來了。那就是我們光大國中的園遊會！

一般的學校所說的園遊會，大家都會覺得是在校園裡面搭著棚子，一攤挨著一攤，然後每班負責一個攤位。但是本校歷來的師長都是了不起的的教育家。他們深深知道要怎麼樣開源節流，響應我大有為政府的簡樸社會的主張。怎麼樣不用花太多的錢卻可得到很好的教育效果是他們的專長。於是他們發明了以下二項光大國中園遊會的特色。一個是本校園遊會就在各班教室進行。這樣子既不用管颱風下雨，又不用去外面租棚子浪費錢。之後各班自己打掃自己的教室，各自負責顯得非常的責任分明。第二個特色是：學校讓二年級生來負責擺攤位，一、三年級只負責逛園遊會。這樣還比較沒概念的一年級生可以先學習，比較課業繁重的三年級生可以只玩一天，不用花太多時間精力在準備工作上。

本校師長的點子大多非常成功，在平淡的校園生活中，這些活動總是讓我們能夠抒發一些青春的精力和煩躁。還有兩個禮拜才園遊會，但二年級各班都開始熱烈的討論、準備起來了。

我們班要賣什麼呢？吳老師想了很久，認為如果全班都只賣一樣東西的話，人力顯得太多。於是他就說班上分成三組，一組是遊戲攤、一組賣飲料、一組賣食物。

在班會的時候，大家就興高采烈地討論起來。

吳老師說他要去開會，今天班會請大家好好開，說完就離開。

而這一天班會輪到本班人稱「智多星」的阿西來主持。為什麼叫智多星呢？你去看看水滸傳「智多星」叫什麼名字，那你就知道這種本班特色的混號是多酸了。

這阿西居然一開始就說：「首先要先決定一個響亮的名字！如果名字不響亮，其他的事也就不用提了。」

這周公先笑道：「像阿西這種響亮的名字就很好！」

大家又開始大笑起來。

這時寶二爺先提出個名字來。他說乾脆叫怡紅院好了，但有人說怡紅院未免太小了，我們乾脆叫大觀園！但也有人接著說取這樣的名字太娘了，不如我們叫「梁山泊」好了。

主席阿西輕擺著手笑道：「叫這個梁山泊，人家還以為我們是土匪窩呢？這也不好！」

這時有人說不如叫「企鵝村」，取機器娃娃與怪博士的典故（這能叫典故嗎？）。也有人說不如叫「純情少男之家」，還有什麼「硬招站」、「好來汙」的不一而足。甚至有人說應叫「世界馬雅神教總本山」，當然這個人就是小弟。總之大家愈講愈興奮。

最後胖帥班長打斷了大家的談話說：「大家不要花太多時間討論名字嘛。應該用心放在要賣什麼上面，名字就隨便取就可以了。」

大家覺得這胖帥果然是個做事穩當的。

哪裡知道他馬上讓人跌倒，他說：「我建議就叫做四行倉庫好了！」

這時候台下一片噓聲。什麼爛名字。

但是胖帥繼續說：「這個四行倉庫是有用意的。到時候我們可以請到本校第一大美女二年十九班的程怡同學演女童軍楊惠敏，送一面國旗到班上來。把這件事當成一個行動劇。這樣保證造成全校轟動！」

這時候周公不免出來倒了一桶冷水在胖帥的頭上。

周公酸道：「這個主意真是太爛了！如果本班攤位叫做四行倉庫的話，那叫我們大夥兒不就成了八百壯士了。第二，本校第一大美女是程怡嗎？我個人表達反對的嚴正立場。個人認為何詠妍同學才是第一。另一方面，我說誰能夠去請程怡來玩這個行動劇呢？難道胖帥你要去嗎？」

主席阿西不愧是有智慧的，他裁定道：「胖帥的點子很好，但就請胖帥自己去請人家程怡同學。胖帥說得出就可以做得到的！現在我們是不是可以鼓掌起立通過。」

這時大家都用力鼓掌！大家齊喊：「胖帥、胖帥、程怡、程怡……」

此情此景是多麼令人動容啊！

第十三回

智多星販茶有技
勇胖帥邀美立功

「國父孫中山先生說：『民主的時代需要熱情，民權的初步需要勇氣。』」主席「智多星」阿西對此有了結論：「本班的班會目前的情況是，大家對於程怡同學有熱情，對胖帥同學……則期許他需要勇氣！」

周公舉手說：「如果還是繼續討論名字的話，我們討論到下個禮拜都還沒討論完。也許可以開始先討論要準備什麼食物和玩遊戲的攤位。」

語畢，大家就開始討論食物的部分，本班同學在嬉鬧中還是會保持一些理性啊。首先就吃的東西來討論，阿西就說：「我建議賣茶葉蛋兼賣紅茶，這樣……就比較不會浪費。」大家會過意來，都忍不住拍手笑了。

本班數學高手阿炳則建議賣我們大家都很喜歡吃的黑輪。理由如下：

「反正黑輪沒煮也能吃，賣不出去還可以自己吃！」

大家覺得至情至理，於是就決定要賣我們大家感情深厚的黑輪！

阿西笑說：「非常好。雖不如我個人的意見，但還是尊重大家，而飲料部分，大家看看有沒有什麼比較特別的。」

只聽許伯伯叫道：「飲料方面我建議賣手搖泡沫紅茶！」

這時大家一片嘩然，要知道，現在泡沫紅茶至處都是，當年才剛發明，可說是非常酷的一種新潮飲品。國中生要買，多少都可算是一種挑戰！

阿西問道：「那可以直接賣紅茶而不用搖嗎？」

本班數學高手阿炳叫道：「不行！泡沫紅茶一定要搖。昨天打聽的結果，二年級共二十四班裡有十二班賣紅茶，我們要和人家不同一定要手搖！！！」

周公擔心的說：「可是那個手搖的雞尾酒調酒器那麼貴，去哪裡找啊！」

許伯伯這時笑道：「本人會提出這個建議是經過深思熟慮的。大家常去的那家泡沫紅茶店的大姐姐說可以借我們用！」

周公又說：「但誰來搖呢？還是太費工了。而且有搖有差嗎？」

這時坐在窗邊一直看著窗外的比利轉過頭來悠悠地說：「有差！有差……」

大家都知道比利對事情的觀察總是很不同的。他對飲食的敏感很多人並不清楚吧。雖是平常茶飯、小鮮，他都有他的堅持的。那就像紅樓夢裡妙玉泡茶的用水一樣挑剔！

比利正色道：「這紅茶葉含有茶多酚，雖然是全發酵之後減低了其中一部分的苦澀，但經過在雪客杯裡高達每分鐘一百下的高速振盪之後，空氣中的氧氣充分與茶結合，茶的苦澀味道都會消失！在五百下之後，綿密的茶香、花香、果香依次出現，在泡沫中散發出來的清新芬芳是一種視覺、嗅覺、味覺的饗宴！價值增加十倍以上！」他的語氣是這樣認真，語調是那樣誠懇，我們一不小心就把這樣的唬爛當真了。

王伯伯說完依舊看著窗外。那種氣度真不愧為我教之教主。

只是後來有一天我真的喝完一口紅茶後，就給他搖五百多下，再喝一口……覺得好像也沒太多不同。可能是沒有用真心來搖，還用了懷疑心來喝吧。

主席「智多星」阿西這時又提出「新奇體驗！自己搖紅茶只加兩元體驗費」的構想，這樣遊戲部分也有了。大夥都說這位同學真是一位智多星！但我內心深處有點開始懷疑，本校的笨蛋真的有這麼多嗎？

這天的班會就在大家搞笑中結束。

接下來就是要看胖帥怎麼應付他自己提出來的這個艱巨任務了！

大家好幾次三催四請叫他直接去十九班，勇敢地把程怡請出來。但是他一直推脫不肯去，大家都說園遊會的時間越來越近了，班長必需要去完成此一劃時代的神聖使命！

周公就說：「諸位呵，人而無信，不知其可。胖帥要說到做到啊！」

也是事有湊巧，就在園遊會的前一週，學校決定在週五下午最後一節先舉辦全校大掃除。這也其實是一個常態性、經常性的校園教育活動。就在大掃除的那天，本班同學在負責的公共區域——學校中庭打掃，這學校的房舍是四邊建築物圍成一個「口」，中庭就位於這四棟大樓的中間。

這時大家忽然發現程怡就站在東邊大樓三樓的走廊上向外看！

當年的程怡真的是大美女，白晰豐美的她有著明亮的大眼睛和鮮明五官，個性溫和有禮，氣度從容大方。後來發生的事讓人感覺她就像是紅樓夢裡的薛寶釵。她站在高樓上迎風而立的景象真是本校的一大風景。

也該是合著要有事，只見寶二爺舉手做勢向上面大聲喊道：「程怡同學，本班班長胖帥有話想要請問妳，他方便上去嗎？」

寶二爺此語一出，全校打掃中的同學都停了下來。因為中庭中說話，四周教室到處都聽得到啊！這時中庭空氣彷彿暫時靜止，我有點不敢相信剛才聽到的。

胖帥這時作勢要逃走。但附近的人都等著看這一齣大劇，大家一把把他拉住！

我看了一眼在三樓的程怡，雖然有一點錯愕，但還是帶著微笑看這群混小子們要搞什麼。那種氣定神閒，比蔣夫人上美國國會還從容。

再看那胖帥，雖然色厲內荏，舉棋不定，但眼見局勢已經如此，為了本班名譽和江湖上的地位，只能放下一些要不得的羞恥心，不得不心一橫，吸口大氣，慢慢地磨上三樓去，不像是去會一位大美女，反倒像是「大風起兮雲飛揚」的壯士。

這時好事者都把這事傳了出去，四周走廊及中庭聚的人愈來愈多。只見胖帥終於上了三樓，大家聽不見他說什麼，但見胖帥抓頭苦笑地說話，程怡點了點頭微笑，最後又見程怡又說了些話。

大家正在議論，只見我班班長胖帥面帶微笑地飛也似地下了三樓回到中庭。大家一擁而上地去問他。

那場面，唯有當年阿姆斯壯返回地球那當兒差可比擬！

第十四回

俏程怡笑語服眾
莽戰機狂行驚天

胖帥興奮地回答了海內外各界的關心。他臉上要不是本來就有點黑，一定可說是通紅的。

胖帥表示：「這是個人的一小步，卻是我十班的一大步！」

同學都急著問他到底情況如何。

只聽他胖帥眼中泛著光彩說：「我問程怡同學是否願意來本班的園遊會攤位，她非常高興地想了想就直接說好！還謝謝我的邀請呢！」

「記大功一支！」許述聖許伯伯讚許道。

「果然是一位秀外慧中，知書達理的時代女性！」寶二爺也讚道。

但周公馬上問他：「說重點，你有問她要不要演送國旗的女童軍了嗎？」

胖帥說：「當然問了。」

寶二爺搶道：「這麼說她是答應了！嘿！帥啊！你看不往前走一步怎麼會成功，翁老師說的『凡事豫則立，不豫則廢』，吳老師一再鼓勵大家要『拼』。這可一點都沒錯啊！」

胖帥這時有點不好意思地停了一下說：「她是說這個構想很有趣，但是……」

周公停住了笑而問他：「但是什麼呢……」

胖帥降低音量道：「程怡同學說，國旗是國家的象徵，是神聖而威嚴的存在。不適宜拿來演行動劇做道具的。」

周公再逼問：「那你怎麼說呢？」

這胖帥呆呆的說：「我好像是說程同學有這樣見識和愛國心實屬難得。這真的是不適合啊！」

大家都「喔……」的一聲叫了起來。

周公搖頭道：「就這樣？」

胖帥點點頭說：「就這樣」言下有點失落。

周公溫言說：「至少沒有完全拒絕，程怡答應來本班的攤位。也算是成功！」

這時胖帥才又再露出微笑。

「這還是可算是本班的一大勝利啊！」周公說道：「班長幹得好！」

同學們都鼓起掌來。總之我們班要在四周別班的同學之前露露臉嘛！

這時和我蹲在一旁收集垃圾和樹葉的王伯伯，就忽然站了起來走向胖帥。

「你們看我們胖帥這種有酒窩的笑容，是這樣地天真可愛啊！」比利輕輕抓起胖帥圓滿可愛的臉笑著說。

不知教主又有什麼高見。

「胖帥和本班諸君真是天真而善良的純情男子啊！」王伯伯說：「你看看人家程怡

同學多世故，她隨便講個聽來堂皇其實不值一笑的理由，就把你唬過去，又不用直接表明才不做送國旗這種丟臉的表演。哇哩咧還『神聖而威嚴的存在』哩。她說會來本班攤位，那也沒什麼，說不定人家只是聽說我們在賣她可能正好喜歡的黑輪啊！反正園遊會哪一攤都可以去，給你個空頭答應，留下一點親切的好印象給這些笨男生多好。」

比利續說：「根據本人近年來觀察的結果，十四歲的女生那個思想的早熟，早超過呆呆的男生，可說是又世故，又知進退！」

那時侯我已經偷偷在偷讀紅樓夢，就覺得程怡同學就像是那位金鎖「薛寶釵」啊！是那樣的世故幹練，又那樣的大方合宜！我可能有點老氣和陳腐，總覺得比起清靈出世的黛玉，我比較喜歡入世現實的寶釵。

大家聽完教主王伯伯的分析，都覺得明白了這其中道理。只是我在事後有一點想不通，王伯伯自己也只是十四歲的男生啊。後來想起來當年的我們那種鳥樣子，想起來還真是可憐兮兮的。不明白為什麼同年級的女生看起來都是這麼成熟懂事、落落大方、不卑不亢的。

時間過的很快，園遊會就在大家興奮的準備之下來了。

這一天的早上第二節下課鐘一響，學校的廣播大聲地宣布在一個小時之後園遊會正式開始。只聽全校各教室傳來各種歡呼聲。二年級生都著手把準備多時的東西都攏將起來。

有細心的讀者會說本班的攤位的名稱怎麼辦？沒有了送國旗的女童軍，我們只好用了一個比較中規中矩的名稱。就喚做「二年十班向父老鄉親問好」。真是一個樸實有力的攤名。

本班因為策略成功，生意非常之好。黑輪方面，賣了一個小時之後還得要派人去採買好幾倍的黑輪。那黑輪到最後好像也不用什麼多煮就直接賣了。負責收錢的周公同學發現他準備放錢的小包根本是太小，最後只得用一個塑膠袋來裝。而泡沫紅茶方面，更是人山人海，可惜只有兩個搖紅茶的搖搖杯，只能說聚了人氣罷了，但收入遠不如黑輪。那搖紅茶的調酒用杯在當時屏東一帶實屬少見，據說其價甚貴且需從日本進口，當時覺得許伯伯真不知如何能向泡沫紅茶店的大姐姐借到兩個，同學又有一說是因為他和大姐姐是前世夫妻，以至今世一見如故，但此乃題外話，暫且不表。那手搖調酒杯全杯身俱為不鏽精鋼所製，拿來甚是沉手，搖起來需左右手交互使用，並且配合身體適度晃動，就像你在看美國電影裡的那種專業酒保的帥氣姿式。小弟當年有試搖過，果然通體舒暢，非常有感覺！

這時我們開放紅茶手搖體驗，本校的呆子還居然不少。這讓我想起了馬克吐溫寫的《湯姆歷險記》裡的一段故事，那頑童湯姆被波麗姨媽處罰在星期六為一大片的籬笆漆油漆，但是他在愁苦中心生一計。他利用他的小聰明，騙人家說漆油漆是多有趣而且小孩子難得可以有機會做這事，結果讓朋友們得用一些寶貝來交換、爭相幫他刷籬笆。

看來「智多星」阿西的點子是自有所本的！

這時有一位全班人稱「戰神之王」又稱「戰鬥機」的林機全同學，也想來體驗一下手搖紅茶這種在教主王伯伯口中又有趣又優雅的活動。但他認為本班自己人可以不用付兩元「體驗費」！這時和周公有點爭執。

這戰鬥機同學一直是一班讀書拚命最為壯烈的，他讀起書來全力以赴，一直都很重視成績。記得有一次我在他家的書桌前，看到牆上有一張他自己用毛筆寫的座右銘「男兒立志出鄉關，不取功名誓不還」，其用心學業之心可見一斑。但他可不是完全死讀書的人，學富五車的他自幼飽讀二次世界大戰戰史及各國歷來武器資料，分析起各種武器時口若懸河，就算你不懂軍事武器都能聽出一點啟示來。

記得有一次本班一干軍事迷如許伯伯、阿炳和王伯伯閒聊，當時王伯伯已經去過我國首都台北買來原文的詹氏武器年鑑來看。所以王伯伯一開口是很有權威性的，有一次我說林機全同學也是軍事專家時，王伯伯笑說此君一講飛彈最後必言稱蘇聯（今日之俄羅斯）的SS－20中程導彈。許伯伯、阿炳不信，最後三人打賭泡沫紅茶一杯。殊不知二人一去和他聊起，他馬上眼中放出光采地提到SS－20中程導彈，大家一聽笑到肚子痛，林機全同學知道了打賭的事當場惱羞成怒，直說無知小子不識真正驚世之武器！此君一旦認真無人能敵。可謂光大國中一奇人。

此君在今日想來，和教主王伯伯可謂是天平兩端的人物。一位是入世極深而以學業為重的功名中人，一位是出世甚早而以體驗人生滋味為樂的紅塵市隱、閒散人士。一位目光如炬，一位和光同塵。一位與天爭與地鬥，一位遊戲於天地之間。

這周公就不肯讓「戰鬥機」同學拿手搖杯，非要他交兩元不可。正在爭吵時，戰鬥機一把搶下一隻手搖杯，他大力地搖了兩下，哪知一時手滑，只見那手搖杯脫手而出，飛過嚇得發呆的眾同學及來賓，逕掉入勉力煮著黑輪的湯鍋裡。但聽得一聲金屬相碰之聲響，可幸鍋子沒翻，但大家都快步前來看看鍋裡的手搖杯。

只見那許伯伯箭步上前，快速撈起手搖杯一看，只見手搖杯撞出一個凹痕出來。他大叫一聲，聲音傳遍我光大國中！

第十五回

平息憂患孫員外
秉燭夜遊寶二爺

二年十班原本吵鬧的教室忽然安靜了下來。我們大家都圍了上來看看災情如何。只見到這麼珍貴的一個調酒器居然有一個凹痕。

這下大夥都慌了。這時候許伯伯很生氣地跟「戰鬥機」說：「怎麼辦？這是好不容易才借來的。我和泡沫紅茶店的大姊姊再三保證不會弄壞。現在弄壞了，怎麼辦？」

「戰鬥機」同學想想也只好說：「如果他需要賠償，那就由我來負責任好了。」

許伯伯抓著頭說：「我都不知道怎麼去面對這麼大方借我們工具的那位大姊姊。」

這時戰鬥機說：「沒有關係，我可以陪你去。」

許伯伯擺擺手說：「算了，算了，我自己去吧。」

這時候班上的一位外號叫「孫員外」的孫金龍同學舉手說：「沒問題，我也跟那個賣泡沫紅茶的店算還有點熟。我陪你去談好了。別怕別怕，那位大姊姊我搞得定的。」

許伯伯想了想說：「好吧，園遊會結束就麻煩員外跟我去一趟吧。」

我和王伯伯也想了想決定還是陪許伯伯過去一趟。畢竟我馬雅三伯一起出動，也算是對這位大姐姐的一個尊重了。

園遊會結束後，馬雅三伯和孫員外四個人到了泡沫紅茶店，當許伯伯把有凹痕的手搖杯拿出來時。那位大姐姐非常驚訝。長得白淨清秀而且看來很有修養和氣質的她雖不是很生氣，但還是有點難過地皺著眉頭說：「哎呀！怎麼把我們店裡這麼重要的手搖杯給弄壞了。」

許伯伯哭喪著臉說「我真的非常對不起，怎麼賠償我們班都願意做。」

大姐姐有點為難地說：「東西賠不賠沒關係。但這是我們店裡的東西，等一下店長來看到了，一定會罵我把店裡工具隨便借給人家。我們店長……他……」

大家聽到了覺得非常的不好意思。

就在這個時候，大姊姊對著一位從店門口外往內來的一個男生喊了聲：「店長！」

這時候只見店長從外面走進來，大家的心也跟著跳了一下。

這店長年紀約莫是二十多歲，理著平頭戴個墨鏡而口中嚼著檳榔，看起來有那麼一點江湖味。不知道背後有沒刺著一條龍。他穿著一件無袖白色浪子內衣，腳上穿著功夫鞋，看來有點面露凶光，這種造型如果不是道上大哥的話，那真的很適合選個議員什麼的。啊！難不成這是一間幫派經營的連鎖店。

想說大姊姊可能就要被罵一頓了。我在想這個大哥型的店長會不會最後用暴力把大姊姊打一頓，然後把我們這群小鬼丟出店外。我看了一眼王伯伯，我發現教主這時也有一點害怕，看到這裡我也緊張起來。早知道會遇見這種大哥，我想許伯伯一定很後悔借了手搖杯。

這店長大步走進來後問大姊姊說：「下午送冰塊的阿源來過了嗎？」

大姊姊小聲地說：「來過了，一共是一百公斤。嗯……店長，有件事……」

就在大姊姊話未說完之際，沒想到店長看到了孫金龍同學，他居然笑了起來說：「啊！小龍哥你來啦！孫董最近好不好？想念他老人家啊。喔！這些是你同學嗎？來來來，小美啊。幫每個人做一客他們想要吃的冰品，快點！」

這個轉變未免有點太大。我們都驚訝得闔不攏嘴。

這時候這位叫小美的大姐姐跟店長說：「大哥，不好意思這個手搖杯……我借他們去園遊會用，結果有了一個有了一點凹痕。我……」小美姊姊低下了頭。

這時候店長笑著說：「沒有關係，小事小事。」

這時候店長把水裝滿了那個手搖杯，然後跟我們說：「你們看，一點都沒有漏水嘛。還是可以用，這種小事不用放在心上。」

這時候我們都覺得相當地驚訝，這店長怎麼對我們這麼好呢？這時看他，只覺得可能只是一位純樸有義氣的豪情大哥哥。

但許伯伯有有點不好意思地說：「這個手搖杯，不是從日本進口的嗎？很貴吧？」

這時候店長笑笑說：「沒有啦，誰說的？」

許伯伯說：「可是我看到在《少年王比利的故事》這個小說的第十四回有講到，說是從日本進口的。」

這店長笑笑說：「這個是唬爛的吧。幹！寫小說的最會唬爛了。我們這個連鎖店的所有的手搖杯，都是從台南仁德的一間鐵工廠訂購的。大批訂購，沒有特別的貴啊。還日本進口咧……哇哩咧，中華民國的技術還做不出這種手搖杯喔，幹！」

於是我們大家半信半疑地看著他。

「來來來，吃點東西吧！」店長豪氣地說：「同學們要來點檳榔嗎？很爽喔！老師不是說要多吃水果嗎？」

大家都不敢吃檳榔這種本土的特色水果，於是大家吃起了店長為我們大家所準備的冰品，一面聽店長問孫員外的一些近況。

「喔，孫少爺，你們同學感情不錯喔！」店長一面說，一面不知如何就一直看著我教教主王伯伯：「哇，這位同學長得很將才喔，大家看像不像國父孫中山，帥喔！」

道上的朋友果然眼光和一般民眾不同。

「哈哈哈！你們要叫我學長，我也是光大國中畢業的吶！吼，你們有被那個土匪的大頭棍打過嗎？幹！有夠痛，林老師咧！」大哥型的店長豪邁地說：「本來我還想畢業了找黑道把土匪蓋布袋哩。幹！後來忙著發展事業就忘了這件事了。」

等到吃完冰走出這家店時，我們都非常不解地的看著孫金龍同學。孫同學笑笑說：「哈哈，我知道會沒問題啦！這家連鎖店最大的股東就是我爸爸。而這個分店的店長本來是我爸爸的公司裡的一個小弟，後來我爸爸介紹他來這家店當店長，所以沒有問題，大家放心啦！」眾人都佩服不已。

這時我才想起孫同學為什麼叫「孫員外」呢？主要是他父親是我們屏東地區的一個成功的實業家。他家裡經營營建業、鋼鐵業及各種製造業。有一次我們去他家玩，發現他家的游泳池快比屏東縣立游泳池大了。他家裡還有三道的保齡球道，說來真是誇張。只是沒想到連泡沫紅茶店的連鎖店都有在投資。

「這些泡沫紅茶店是小投資啦，主要是我有個堂哥要創業，就來問我爸爸找資金啦。」孫員外笑笑說。這位孫同學後來成了屏東最大飯店宴會館的老闆，事業相當成功。

就這樣，我們的園遊會就這樣畫下圓滿句點。

眼下就到了快要期末考的時候了。大家又慢慢重回緊張的生活裡。吳老師告訴大家，這是國二最後一次考試了，大家要好好為國二生活劃下句點，在這次考試表現出來。

語畢，吳老師在黑板上寫上一個大大的「拼」字！

我們的國中生活，就是在這種「拼」的精神下努力地向前。

國二下學期，我的成績漸漸好了起來，這其中還有一個小故事。原來寶二爺他家就住在我家對面，每天晚上我都看到他的房間燈火通明到很晚，有時我很想早點去睡了，但看寶二爺房間燈火通明，就覺得人家都在拼，自己更要努力才對。往往都讀到深夜而最後在床上睡著。

多少年之後和寶二爺提起，才知道他根本是開著燈在睡覺，結果讓我苦讀了很多個無奈的夜晚！

在期末考前一星期，有一天晚上我正在讀書，累了一天還真有點力不從心，正在暈沉之際，忽見到樓下有手電筒的光在往上照，又聽得一種熟悉的聲音說：「林旺東，快下樓。」我當是誰，原來是寶二爺。我穿上外套就到我家樓下去，發現王伯伯、許伯伯都來了。

「有什麼事啊？」我不解地問。心裡想著：都晚上九點了還要出去嗎？這些混仙膽子不小。

「我們要去夜遊一下，你要去嗎？」王伯伯放低聲音說道。

第十六回

「月色清明論舊事　星夜行舟嘆苦空」

我的膽子不大，想想都九點了還要去外面玩就有點打退堂鼓。這些傢伙是白天上課考試太多要瘋了嗎？

「同學們，夜深了，還是不要出去好了。」我擔心地說。

寶二爺笑著說：「林旺東你別擔心了，這個夜遊我們已經計畫清楚了。」

我還是好奇地問：「這麼晚是要去哪裡呢？我們只是國中生不能晚上出去吧。我明天要小考的英文都還沒唸完呢！」

比利這時候正色說：「來吧，我教的弟兄，黑夜並不可怕！可怕的是你在黑夜之前屈服了。凡我教諸君，一律是要去的。」

我想了約三秒就答應了。畢竟教主都去了怕什麼呢？

「但是……要去哪裡呢？」我好奇地問。

「走走走，你就騎上單車跟著走吧。」寶二爺拉著我說：「所謂上了賊船……跟著賊跑！」

我還能怎麼說呢。同學們有此興致也不好掃興。而且讀書讀得好悶，出來透透氣也好。

於是四人騎單車進入了黑夜中。

當年屏東市的夜晚可說是很寧靜的，我們家就住在光大國中後面，當時這四周有不少稻田、竹林，雖說是市區，還是有點鄉下的感覺。後來光大國中後面居然成了屏東市最熱鬧的市區，真是滄海桑田啊。這時的屏東東區一帶還真有田野之美，在一些草叢裡還有一些螢火蟲飛來飛去。完全沒有寒意只有酷熱的夜晚，在偶然吹來的晚風中才有一點屬於夜晚的快適。騎在車上讓涼風拂面果然精神為之一振，本來還想著明天英文小考的，騎了一下就把一切拋到九霄雲外了。

這天晚上是滿月，明亮的夜光照得四下清楚極了。天上沒有什麼雲讓月亮顯得更大更圓，好似一個大銀盤在天空裡，天穹之下的晚春初夏是這樣地舒適。我開始覺得今天出來夜遊真是好時機。這些傢伙還真會選時間啊！

跟著他們來到了其實離我家不遠的一個池塘。這個池塘早年是一個很大的木材場浸泡原木的，後來可能停用了，裡面沒有巨木了，但不知是誰放了些吳郭魚進去，沒想到生養得不錯，整個池塘裡有不少吳郭魚，夏天的時候，我們也曾在週日午後來偷釣過魚，還有一些蝦在裡面。總之，這池塘自己就形成了一個生態系。

池塘還頂大的，你可以想像這裡面要浸多大的木頭。池塘四周長滿了各種植物，今晚的月光照在水面上如一面銀白色的明鏡，四周到處都是飛來飛去的螢火蟲，各種夏蟲的聲音和群蛙的唱和同時奏鳴著，這景象如夢似幻，美極了。

「晚上來這裡果然太有道理了！」我不禁感謝這些不可思議的同學們。

這時比利忽然說：「還有更有意思的在後面！」說著他指著在水邊的一艘小小的木船。這是一艘看來不大的手搖木船，不知是否是池塘主人留下來的。

「我們還要玩船啊！你不是說過入水離岸六公尺就進入馬上荒野了嗎？」我有點害怕地問。

「你放心，我和許伯伯上次在白天有來劃過這船，很爽很安全的。」

只見他和許伯伯、寶二爺都上了船。

「林旺東，你快上來，別那麼不帶種好不好。」寶二爺這叫道。

我考慮了一下，想著孔子說的「暴虎馮河」的典故，覺得有點不敢上船。

「同學們，所謂君子居易以俟命。我就在岸上看好了。」我說。

王伯伯說話了：「林伯伯來吧，天地曠野在呼喚著你！儒家的老頭子胡扯的話參考就好了啦！」

我嘆了口氣，再踏出一步。

於是我們四個人上了這小船，王伯伯把船用槳往池心推出，慢慢地滑槳起來。一開始我還有點害怕，當時我還不太會游泳，船上下起伏左右搖擺，多少令人不安。果然離水六公尺之後就是一片曠野世界了。

但看王伯伯還居然很熟於駛船，奇怪了，我怎麼會不知道呢？驚訝之餘也就慢慢地習慣了起來，不一會兒，我也開始享受起在水面的那種暢快。想不到在家裡近左就有這樣別緻的情景，古人夜船而遊，誠良有以也！聽著槳在水中發出的聲音，在這夜的風木蟲草大合唱中顯得寧靜平和，月亮已在中天，更照得一片銀色天地舒人心胸，閒雅快適。

只聽寶二爺高興地唱起歌來！

他唱道：「詩情放，劍氣豪，英雄不把窮通較。江中斬蛟。雲間射鵰，席上揮毫。他得志笑閒人，他失腳閒人笑。」

大家聽了不覺莞爾，我有點感覺這寶二爺選歌還真有點氣派，但略和景物不符。正在這樣想的時候，就聽到一聲：「這歌和景物不太相稱，靜中生出一段豪情來，總是唐突美景。不如我來唱一首吧。」

我們都嚇了一跳，畢竟是小孩子偷偷跑出來玩的。想不到另有一船在我們旁邊，什麼時候接近的沒有人知道，再一看船上，我們的驚訝更甚，居然是一個老者和兩個妙齡少女在船上。

那老者一身淡色袍子，滿頭銀髮和一臉白色鬍子，生得高大威猛，仔細看還有些外國人的感覺，那兩個少女細看下雖穿得一白一黑，卻居然是雙胞胎，長得美麗絕倫，在月光下如仙子一般。那種美有點驚心動魄，光大國中的十二金釵在她們前面就像是沒毛的猴子一般醜陋。

我可以感覺得出我的心跳加速，我看許伯伯和寶二爺都面有懼色。但王伯伯居然低頭不知在說什麼。

只聽兩位少女各拿出奇怪的樂器來演奏，初時幾無聲響，不久就聞一陣優美的音樂由遠而近傳來，忽覺身心舒暢，如飲無上甘露，耳根頓時輕靈空闊，只聽那老人緩緩開口唱道：「世間影塵轉眼空，明月盈缺總不同，樂易逝，苦無終，可憐經營忙碌，惟惜一生何從。來去之間君莫嘆，聚散因緣誰懂。」

誰懂？懂什麼？嗯，老人唱的內容說來並不太容易懂，但給人一種蒼涼感。

只聽那老人說：「王比利，人間遊行十四載，可悟出什麼沒有。」

我們看著比利，想不到他居然和這老者是相識的。

王伯伯臉上現出從未有過的認真表情說：「長老，這世間雖苦難偏多，喜樂甚短，但這些年下來覺得，唯有一『真情』二字，可為人間特有而且足以越生死而不絕的。所以地球生活還是值得珍惜的啊！」

老人搖頭道：「痴兒尚未能悟，要知凡情皆有所染，何處有『真情』一物。」

王伯伯還未回話，那老者制止他又說：「本來想說你的這一次修行就要結束，看來『情』字一關仍是一大難題。你有心把一些真相向世人宣說，但自己可能還是留了情在人間，這是你的缺點，但也是你的優點，但總是大大有誤於清修。這馬雅神教其實多次向地球人示現了，只是大多數人仍不能了悟我們高級心靈活動者的苦心。罷了，你還是再留在此間修行，待新任的無常行者來幫你一把吧。」

比利先是沉默了一陣子，最後還是開口道：「這目前現任的無常行者會在我的生命中很快出現嗎？」

老人「哼」了一聲說：「前一任的無常行者早就常在你近左，但想要看你是否自己就悟了天機。你要見他，這有何難！」

「無常行者」是誰？聽來很恐怖，會比土匪打人可怕嗎？

就在這時候，老人身旁的兩個女生在船的後梢移了前來。一樣的面容，一樣的動作。但是穿白衣那位面帶慍色，臉上似有冰霜一層，但顰眉杏眼，雖有一種英氣，但讓人望之生畏。穿黑衣那位則帶著微笑，喜悅和祥，令人直想上前親近。

只見兩人同時開口說：「王比利，你忘了我們了嗎？」

只見比利有點恍然大悟道：「啊！妳們接任那無常行者了！」

她兩人忽然將身一縱躍入水中，一時這樣小的池水居然浪濤大作，風起水升，一時星月沒了光采，大地一片黑暗，我們四人的小船立時翻覆，我們都掉入水中，一時猛地身體就要往下沉，似乎水中有漩渦把我們沒入，我想大叫卻喝了不少的水，只聽許伯伯說：「哇哩咧，早知道別來這玩……看……」

我還想掙扎，但眼前一黑，失去所有知覺。

第十七回

「拼搏人生誰能避
觀星少年或不同」

也不知過了有多久才開始有了知覺，漸漸覺得眼前有一片的白色祥光。我掙扎地張開眼睛，定神看了看四周。

我怎麼會就坐在我的書桌前面？仔細一看，那光是來自桌上的檯燈，桌上還放著明天小考要考的英文課本。

我過了一會兒才知道原來剛才的種種只是一場夢而已。我居然在書桌上趴著睡著了。看看窗外樓下哪有什麼人影，連對面寶二爺的房間燈火都不知道什麼時候熄滅了。夜已經深了，涼風從窗外吹進來，忽然覺得有點害怕起來，不知是剛才的夢太真實，還是夢中的情節令人心有戚戚。

怎麼會有這樣莫名其妙且不知所云的夢，我自己也不清楚。我決定還是上床去睡了。躺在床上居然反而睡不著，閉上眼睛似乎覺得剛才還真的出去夜遊了一趟，一切似幻似真。

◆

就在現實的人間，苦悶的地球上，沒有太多的預告下，國三生活就要來了。

很快地，國二最後一次期末考結束了。但沒有以往那種考完試的喜悅和輕鬆，因為我們就要成為國三的學生了。

國三的生活的可怕早有所聞。我光大國中之國二生活尚且如此，國三會有怎麼樣的情景實在令人不敢想像。記得在家裡附近有個精神異常的年輕人，看來有三十多歲了，但每天都痴呆地在附近遊逛，他媽媽經常要出來把他抓回去。根據一位高中的大哥說，這人就是國三時壓力太大才會發瘋的。

才考完期末考一週之後，我們馬上回到學校開始了暑期輔導。而本班每天下午的計畫是要開始考測驗卷。老師早就要大家在家從一年級的課本溫習起，我們就從一年級的各科考起。開始正式進入國三的行列了。學期不是才結束，怎麼我又回到教室？第一節的英文課馬上要開始了，吳老師還沒進來。但大家都不似往日喧鬧，好像是因為戰鬥即將開始，我們是上戰場前的小小士兵，不安地等待著未來。

我坐在教室看著窗外的初夏風景，天是這樣地藍，樹是這樣地綠，看著小鳥兒在樹上跳躍叫鬧，它們真是快樂啊，我能不能也成為一隻快樂的小鳥在外面飛翔嬉戲？沒有考試，沒有處罰，沒有無盡的課，沒有讀不完的書。它們清亮的叫聲是這樣地無憂無慮，連偶爾吹來的一點風都只有鳥兒享受著，吹不進三年級的教室裡。

只見本班導師吳老師走了進來，他似乎像是一個大交響樂團的指揮，充滿自信地站上講台，準備指揮一場成功的升學交響樂！吳老師最是面惡心善，他總是很有技巧地激勵著大家的士氣，吳老師能收能放、柔中帶剛，輔導升學可說充滿了技巧和層次。還記得前述的丟測驗卷事件嗎？比利後來聽了某一位已讀高中的學長講了之後，他才告訴我們那是吳老師所帶的班級在三年內都會「演」一次的重頭戲。果真是一位用心良苦的教育家。

吳老師一語不發地在黑板旁邊寫上距離聯考的天數，並在黑板方的正中央寫下一個超級大的「拼」字。這一切都意味著在未來一年內的身心靈都將要交給聯考大神。

「無論喜不喜歡，全國同年齡的人都在聯考！你也不必太緊張，人家可以你也可以走過。不要怕，連女生都沒有在怕，男子漢你怕什麼！」吳老師語重心長說：「我知道大家都很辛苦，但一年的努力換取更好的前程，一切都是值得的。過去兩年成績好不好不重要，現在才開始也都還來得及！」

當時覺得老師講得真是非常老生常談，但多年後想到老師的教誨還是覺得很溫暖。我們為什麼要讀書考試呢？這個問題在當年可說是沒有人會去思考的傻問題。

鳥兒的笑語和身影已漸消失，我開始沉浸在英文的世界裡，吳老師先發了期末的考卷，然後開始帶大家檢討這試題的內容，發考卷總是令人緊張，其中有悲有喜，暫且不表。

早上另一節課還發了數學考卷，這土匪還是難免用我校制式籐條來打一些人的手心來應應景，我們早已對這一切司空見慣，但天氣熱人心浮動而精神不佳，看土匪的樣子昨天可能通宵到很晚吧。他打起人來可說一點精神也沒有，搞得被打的人都有一點意興闌珊，想起老殘遊記裡的一句話，可說是「虛應一應故事」。

總覺得整個人提不起精神來。我開始想著一年後的一場考試需要這麼早來準備嗎？好容易一個早上的課上完了，暑假的中午居然還要在教室吃便當，你想想那心情怎麼會好呢？想起一年級升二年級的暑假大家玩得多高興啊。打開便當，有點味如嚼蠟一般。

剛吃飽飯，就見到比利早就吃完飯不知在讀什麼書。

他高興地說：「這本書真是寫得太棒了！看了之後會有很多領悟！」

這是一本英漢對照的書叫做《小王子》。後來我也愛上了這本書。只是不知道為什麼大家都為升上國三發愁的時候，這位大哥居然好整以暇地在看《小王子》。那種一派輕鬆自適令人歎服。

「你看看這段寫得多好。」比利指著其中一段唸了起來：「我會住在其中的一顆星星上面，在某一顆星星上微笑著，每當夜晚你仰望星空的時候，就會像是看到所有的星星都在微笑一般。」

我當時是有點搞不懂這段話有什麼好的，但就在這個時候他的書中掉下了一張夾在書裡的紙。

我趨前一看，只見紙上寫滿了密密麻麻的圖案，又有點像是文字。

「王伯伯，這是什麼密碼啊！」我不解地說。

比利笑著說：「這是我們馬雅的文字！我決定開始在這個貧乏的校園到處題上我馬雅的文字。」

不會吧，我教教主居然會寫馬雅文字。

許伯伯拿著便當也湊了上來指著紙上的一段文字說：「真的假的，王伯伯你就唸這一段文字好嗎？」

王伯伯正色說：「其發音已經不可考了，但這一段文字的意思是：去它的數學，完全沒用！」

我又指了另一行問：「那這一段呢？」

王伯伯笑著說：「這段是：這個妞是我馬子！」

我們聽了覺得有點胡說八道，但他正經地說：「這兩天我正在把這文字整理的更圓熟一點……」

我好奇地說：「這不是古代馬雅人的文字你怎麼會？」

王伯伯笑著說：「這是我創造的文字，你們運氣不錯，趕上了本教始創文字的元年。所謂『始制文字乃服衣裳』，這是一個偉大文明的開始！」

許伯伯吃了一大口飯後說：「可是這只有你會吧！」

王伯伯轉了一會兒的筆，他微笑著不語。他轉筆的功夫是本班一流的，還因為上課轉筆曾被吳老師打過一次。他一直轉筆轉到筆停下來為止，他接著搖頭說：「這比學轉筆容易，下午本人親授一遍，本教教徒一學就會，從此大啟文明，我教教義傳遍天下！」

第十八回

屏城珍饡傲天下
馬雅奇文震古今

大家聽了王伯伯的話，覺得教主果然是不可思議！教主是繼倉頡之後我們在歷中認識的第二位造字的人！

下午小考考完及檢討好已經快四點了，大家精疲力盡地離開教室。可能是還在發育的關係，總是覺得容易肚子餓，才過了幾個小時就有點受不了。

「同學們，要不要去吃黑輪！」本教林伯伯，也就是在下小弟我向幾位同學提出這樣的建議。有人就大聲地附和。

這時我教教主王伯伯說：「林伯伯且退下。各位弟兄們，為了慶祝國三生活開始，我們不得不有個更盛大的方式！」

王伯伯果然是苦中作樂的高手！

他接著說：「本人提議去吃本市最重要也是最美味的……也是神聖而不可取代的……屏東肉圓！」這肉圓一向是我教教主的最愛，他對我地球的眷戀有一大部分是來自於肉丸的！

語畢，大家一片叫好聲。衝去騎單車上路，一路直奔屏東市中正路，蘇貞昌老縣長的老家門口這攤屏東肉丸老店而來。

可是說到這裡有很多朋友會有疑問。那肉丸這種東西不是全台灣到處都有嗎？為什麼特別要說是「屏東肉丸」呢？最主要的是肉丸這個食物，在全國各地幾乎都是用油炸出來的，再配上紅紅甜甜的醬。但是在屏東縣境內，肉丸是用蒸出來的！絕對不用油炸。剛蒸出來的肉丸，直接加上味素和一點高湯，再加上大量的芹菜末及香菜末，一點點恰到好處的蒜末，最後再淋上鹹香油潤的特製醬油。那醬油並不太鹹也並不太濃，是幾乎可以直接喝下去那種程度，這樣的組合之下出來的屏東肉丸，沒有油炸的油膩，沒有酸甜醬料的無恥霸氣，只有一種純樸溫婉而誠懇實在的美味，這是在全台灣其他地方從來都沒有嚐到過的，屏東肉丸的內餡以生豬肉加上中藥調味料浸製後包入，外皮則以在來米漿和地瓜粉為基礎，再送入高溫方型木製大型專業蒸籠裡蒸熟。在大屏東地區，一般我們會習慣吃完後用殘汁餘肉再去盛清湯來喝。那種美味和飽足感真是令人難忘。

我們一行七人，包括馬雅三伯及寶二爺、周公、胖帥和孫員外，穿過中山公園就來到了這個沒有招牌和店名的肉丸攤，只見就快沒座位了，大家趕快開始入座搶位，不在話下。

只見那老闆不停地掀開蒸氣氤氳的鍋子，不斷快速的用一個竹片把一顆一顆晶瑩飽滿的肉丸從鍋中迅速地取出來放到碗裡。你看他調味的節奏多麼緊湊，那麼地明確，那一方小小檯面就像是一個複雜的生產線，不斷地把一碗碗屏東肉丸向外送出。我們越看越餓。但老闆的速度還是保持一致，眼看飢餓就要到達頂點，等待就要失去耐心的時候，一碗熱氣騰騰、香味四溢的肉丸就端了上來，大家根本沒有機會再多說一句話，就把整個臉埋進盛肉丸的大碗裡。那種傳統的美味，填滿了國三飢餓的胃腸和無奈的心靈！一天的辛苦，一天的愁思，盡付屏東肉丸的馨香和美好中！

一直要到大家已經吃完肉丸，也跟著屏東縣境內的習俗用吃完的殘汁餘肉再去請老闆盛清湯，再慢慢品味地喝完，在微微有汗的舒適感覺之後，大家才有力氣和心思漸漸地聊了起來！

這時許伯伯開口了：「現在可以請教主教授一下馬雅文字了嗎？」

這王伯伯細細地品嚐完最後一口肉丸湯之後說：「這不難，大家既然如此有心學習，來來來，大家看看能看得懂嗎？」

這時王伯伯拿出了今天中午我們看到的那張紙，大家再三看了看，還是不能明白這到底寫了些什麼東西？

王伯伯笑著說：「來，我再拿出另外一個東西，你們就看得懂了。」這時候只見他又拿出另外的一張小紙片來。

我們只看到了二十六個英文字和一些符號一排排地寫在上面，當我還搞不清楚的時候，許伯伯已經拍手笑道「原來是怎麼回事！」

然後他就拿著先前的那一張王伯伯夾在書裡的紙大聲地唸著起來：「Damn Math, totally no use! 這是『去他的數學完全沒用！』」

這時我才明白，原來王伯伯只不過是把二十六個英文字母換成另外　套符號來組成單字和句子。當他把英文句子用那套符號代換之後，就產生一套別人一時完全看不懂的文字。但其實說穿了還是英文！但想想看，能寫一些自創密碼式文字在國中生裡是多屌的一件事啊！

這時候我想起來了一個今天中午的句子，我問道：「這個妞是我馬子，這句話怎麼說呢？」

許伯伯再一次拿著那張紙大聲地唸道：「This girl is my girlfriend!」

原來只是怎麼回事。但大夥都被王伯伯的這個聰明的發明搞得笑了起來。這樣果然可以寫出一大堆別人看不懂，但是我們自己看得懂的一套文字！

這時候周公說話了，「可是如果英文不好的話，也是沒辦法寫出什麼來呀？」

王伯伯笑著說：「沒有錯，我自從有這個構想創造文字以來，就決定把英文學好！將來我英文越好，我能夠寫出來的句子就會越來越多！」

這種學習的動力是和一般正常人不同的。

胖帥忽然間想起什麼來，他說：「前一陣子，比利在讀Times Magazine時代雜誌，我想問你，真的讀得來時代雜誌嗎？」

王伯伯笑說：「其實一篇文章就可以看上一天！我想一本時代雜誌我大概可以看的

好幾個月。其實我訂了一年的時代雜誌啊！」

這時候胖帥說：「哇哩咧，你訂了一年的時代雜誌，天哪，那不就看不完了嗎？」

王伯伯說：「那敢情好，這樣我訂一年不就可以看一輩子了嗎？多划算！」

大家聽了都笑了，當時我只是有些驚訝，在國中的生活裡居然還有人能夠好整以暇地看時代雜誌。

王伯伯舉起書包指著上面的一排馬雅文字說：「大家看，這不就是Billy Wang嗎？」

啊！一個宗教家還真是不簡單啊！

國三生活有很多的挑戰，但這時誰都沒有想到，在消失的大頭棍未出現前，一個殘酷無比又恐怖勝過大頭棍的體罰就要出現在江湖了，那個痛超過大頭棍數十倍，那個可怕已非局外人能夠想像！這個由本校充滿創意和教學熱情的土匪老師，又再一次創造的一大貢獻就要在教育界出現，在這小攤吃肉圓的少年們沒有想到這悲慘的未來就在前面等著我們。

這時天空開始烏雲密布，眼見一場熱帶午後的大雷雨就要開始！

第十九回

美食上味各有好
北都南市誰爭先

天空就快要下大雨了，我心裡正在暗想是不是早點回家比較好。但王伯伯完全不管這件事情，他跑到老闆面前大聲地說：「再給我一碗三個的。」

我們驚訝地看著他。我問道：「王伯伯我有點想問，怎麼你還吃的下，待會怎麼吃晚餐啊。你媽不會罵你嗎？」

王伯伯笑著告訴我們：「各位我教教友們，能吃得下的時候，就要儘量吃！在人生道路上也是這樣，別想太多，先吃了眼前這碗！」

胖帥聽完了之後笑著說：「貪吃就貪吃，請不要說什麼大道理。」

但是王伯伯正色說：「肉丸可不是什麼普通的食物，這是我們屏東縣最重要的文化資產啊！」

大家聽到王伯伯的胡說八道，都不由得笑了起來。

但是這時候寶二爺不同意地說：「我們屏東縣最重要的文化資產，應該是花生粽子吧！」

這時候大家紛紛都站起來去點了第二碗肉丸，但是寶二爺卻堅持不點，他問了問說有沒有人要跟他一起衝去吃花生粽。

這時候我非常好奇地問了寶二爺：「這花生粽要比肉丸還好吃嗎？」

這時寶二爺非常堅持的回答：「這個是當然的。花生粽的美味是更高層次的一種美食享受。」

比利等一群肉丸愛好者一邊吃著肉丸，一邊聽著寶二爺的論述。這個時節已近農曆的五月，又是一年家家戶戶粽葉飄香的季節，大家都不禁想起了這個節日的應景食物粽子來了。

寶二爺說：「肉丸的美味是一種直接全面，沒有隱瞞的色香味的組合。但是花生粽就不一樣，那是一種必需要細細的品味、慢慢地吃才能夠感受到的悠長滋味。要知道，米是我們民族最重要的食物！花生粽裡面除了花生就沒有別的東西了，你不能夠不承認花生粽的主角就是米，沒有別的複雜香料和肉啊蝦啊的，最能展現出純正米的香氣。米是我們傳統的主食，而糯米則是在每天的米食生活中的最大變化嘛！糯米不同於平常我們所吃的粳米，糯米總之經常在各種節慶中的食材中出現，比方說各種的粄（客家）及粿（閩南）。而粽子是在這裡面最重要的一環！肉丸是小吃、是副食，但米是節慶的正宗無誤！」

聽完寶二爺的論述，我居然也有點開始想吃花生粽來了。但我心中的花生粽可能比寶二爺說的更要簡樸些。那粽子是充滿回憶的，那就是我們家鄉美濃鎮的粽子。我永遠記得那大鍋一開蒸氣氤氳的感覺，美濃這種粽子有一種當時先民在非常刻苦的環境中的一種堅毅感，包著花生和生米的粽子，個頭非常小，水煮後散發著竹葉的淡雅清香。記得我媽媽說他剛嫁到我們家鄉美濃的時候，她發現粽子居然只有生米跟花生，一開始也覺得太不可思議了。但是他跟我說後來才慢慢發現只有這種方法才能讓你真正認真的去體會米的清香及花生的甘甜。在我心中這樣的粽子是最能接近原味，最能夠真正體會食材的本性的一種食物。沒有沾醬，沒有配料，只有單純的米！但寶二爺所說的應該是另一種粽子，這也是一種只包著生米花生的粽子，然後煮好的粽子加上一點醬油膏、一點花生粉，上面再放一點點的香菜。這是非常庶民的一種食物，在台灣南部一般又稱為菜粽。

只聽寶二爺說：「一顆充滿米香的花生粽，再來上一碗味噌湯，這才是屏東生活的真正享受！」

這時王伯伯說：「我因為跟著家人搬了很多次家，也算是吃過不少粽子，可是台灣大多數的粽子都不是我們在屏東常看到這種生米去煮的粽子。」

這時大家覺得奇怪，周公就問了道：「這粽子若不是生米去做的，那還有什麼東西可以來做？」

王伯伯說：「哈哈。大多數的北部粽子裡面是包著油飯的！」

大家這會兒更加有點不解了。油飯包進粽葉裡是要幹什麼呢？

王伯伯又說：「南部粽是用生米（不加醬油）而以水煮，本身並不含油。而且如果是花生粽，就只包糯米和花生，完全不加油在裡面，最能吃出米香和竹葉香！不過本人不是特別在意粽子，也沒有意見。

這時孫員外便說：「北部粽我吃過，那個北部粽，連葉子都是油的。」

大家都覺得那真是噁心的粽葉啊。粽子，本來應該是清雅的水煮或蒸煮的食物啊！油飯包在竹葉裡去蒸了當作粽子，這簡直是一種莫名其妙的行為。

這時開始下起雨來了，大家講話的聲音幾乎被大雨掩蓋。本來酷熱的屏東市開始有了一點涼意。

屏東縣的午後常常會有一場大雷雨，這是地形造成的熱帶午後陣雨。雨的氣勢很大，夾雜一兩聲從遠方傳來的悶雷，會讓人有一種酷暑後的快感，但這個熱帶午後的大雨來得快去得也快。屏東夏天的雨量很多，不時就有大雷雨，這是南國特有的夏日景象。

就在雨快要停止，有一道淡淡的彩虹出現的時候，寶二爺號召人馬去吃粽子，但大家都說吃了肉丸不去了。寶二爺這人只要決定做一件事他就勇往直前、說幹就幹的，於是他一人立刻付錢上車離去，在最後的一點微雨中留下一個愛粽者的身影！

這時班長胖帥忽然問我：「林旺東，你怎麼只是吃三個肉丸，而且好像你今天有點心情不好，平常你是搞笑王的啊？」

我苦笑著說：「因為這是第一個必須每天用功不能好好玩的暑假。心情怎麼會好。」

「別難過了，努力一個暑假之後會有好玩的。」胖帥笑著說：「來，來，來，告訴大家一個好消息吧！」

這時候大家轉過頭來問是什麼好消息？

只見他說：「老師還沒有宣布，可能很多人還不知道。就在暑假要結束，在開學前我們學校會舉辦國三畢業旅行。」

周公非常好奇地問：「我們還沒有要畢業，怎麼會有畢業旅行呢？」

胖帥笑著說：「等到我們國三畢業，馬上就要開始投入高中聯考，不可能在聯考前還去舉辦畢業旅行。所以學校都會安排在國三一開始，還沒開學前去畢業旅行。這是多年來的習慣。那天我去教師休息室拿班級日誌的時候，就聽到管理組長鍾老師說到有關於畢業旅行的事。而且聽說……聽說……這次畢業旅行我們會去台北市喔！」

大家聽到畢業旅行要去台北，大家都忽然間「哇」地叫了起來。我也非常驚訝，一直以來都很想去台北看看，而這次要和所有同學一起去，那會是多麼令人振奮的一次旅行！

我還記得有一次聽班上林機全同學說，我國的首都台北他曾經去過一次，他說台北完全是首都的氣勢，台北和台灣其他地方完全不一樣。他說得天花亂墜，我們也都半信半疑。在我的心目中，我去過好幾次的高雄就是真正的超級大都市了！

「我去過的地方比大家多太多了。那個台北是個真正的大都市。」比利這時笑著說：「但大家別忘了，我們馬雅神教的發源地——屏東市才是地球的中心啊！」

許伯伯接著說：「而且屏東市才是世界肉圓的中心啊！」

王伯伯高興地說：「很好。許伯伯有如此清楚的見地，幸好寶二爺跑了，不然他一定說是什麼世界菜粽的中心！」

大家又笑了一回。

於是我們的國三生活雖然在不安中開始了。但大家在黑暗的生活中又有了一個有點光明的前景。到了暑假結束前，我們要去一遊我國的首都，感受一下什麼是比高雄市更了不起的偉大都市！

台北，我們來了！

第二十回

京城一入難為信
首都初見感慨深

有時候常常會想，我們光大國中的師長們還真的是了不起的教育家。知道在我們前面擺上了一點小小的希望和快樂，國中的呆子們就會咬牙努力往前衝！在知道了開學前我們會有畢業旅行，而且還要去台北，整個暑假來學校上課考試也就覺得還過得下去。在這段時間裡，等待的心情支撐著我們不斷向前。

就在一個七月中旬的下午，這是屏東市非常普通的一個下午吧。本來今天是要準備小考寫測驗卷的。但天氣是這樣的悶熱，在沒有下雨的午後，在令人難過的暑熱空氣中似乎一切都要融化了。我們坐在教室裡也有點坐不住。不知怎麼地心中漸漸煩躁起來。聽胖帥一說才知道這天是屏東百年來七月最熱的一天。

這時候導師吳老大走了進來，他掏出手帕不斷地擦著頭上的汗。他看了也熱得不知所措的我們笑笑說：「今天實在太熱了。這樣好了，今天的考試就往後延吧！我們大家來個大掃除，把我們每天都要生活的這個教室好好打掃打掃。然後我們就回家休息，明天再考好了。大家說好不好？」這時候教室裡面忽然爆出歡聲雷動！吳老師這樣的一項體貼的宣布，就像是荒漠中的一泓甘泉從地湧出！大家臉上都展開了青春可愛的笑容，馬上高高興興地開始了掃除，心中直呼痛快！

其實大家不知道，在當時每一個升學班都在那個下午小考寫測驗卷。但是當我們班今天不用考試，反而在掃地準備回家的時候，心中的那種快樂不是還在考試的別班同學可以感受的。一時覺得身為三年十班的一員真是太爽了。

不考試而開始掃地，我忽然覺得好像連天氣都不再酷熱了。嗯，可以感覺有一種涼風輕輕地吹了起來！

就在大家掃得非常高興的時候，忽然間見到有不少同學圍在一起，也不知道在看些什麼。我也放下掃把跑了過去看看發生了什麼事。

這時一看，原來是比利正在轉著擦玻璃用的抹布。只見一塊抹布在手上好像活了起來，起初只是慢慢地轉，但是越轉越快，令人目不暇給。旁邊圍著的同學越來越多，最後連別班的同學下課後都跑過來看。

只見他轉了一會之後，忽然瞬間把抹布往上一丟，再用另外一隻手接起來，這時候只見他又另外轉起了另一塊抹布，他同時快速地轉著兩塊抹布，引得大家一陣拍手叫好！想不到我教教主王伯伯有這樣一個不為人知的技藝，這時候卻只見說時遲那時快，許伯另外再丟了第三塊抹布給他。大家正在看看會發生什麼事的時候。王伯伯就迅速把手上的其中一塊丟給了我，然後很快順手把空出來的手去接過許伯伯丟出的那塊抹布，在你還不知如何反應過來的時候，兩塊抹布在他手中飛快地又轉了起來。

我們後來發現有女生班的同學也遠遠地在那邊看著，這時我真恨自己怎麼沒有早一點好好地來跟教主學這一項博大精深的傳統民俗技藝呢？

王伯伯轉得渾然忘我，那表情彷彿是一代宗師在演示一套震古鑠今的獨門功夫一般。我發現我校第一美女，來自香江的何詠妍同學也在如痴如醉地看著這邊面帶微笑，看我教主一世英雄，談笑之間轉動乾坤！

忽見王伯伯陡然把兩手的抹布都往上用力一拋，大家的視線都跟著往上看，不知他有什麼驚人的表演要展現出來。但是王伯伯卻一把用單手抓住兩塊布，繼續開始擦著我們教室的窗戶。大家再一次地鼓掌叫好，要不是教師休息室的老師們也跑了出來看看發生了什麼事，我想大家要開始叫安可了！

人潮漸漸散去，我的心裡還想著何詠妍看著教主的那個微笑。這個屏東市的下午時光在我心中不在是普通平凡的午後。

就在不斷地等待中，不斷地考試、檢討、考試、檢討的過程中，終於暑期輔導結束了！時間來到了我們光大國中的畢業旅行的時刻了！

於是我們這群來自南國的孩子，就要出發前往我國的首都台北市！雖然對大都市我們並不完全陌生，屏東雖然不是很大的都市，但多多少少還是都市。更何況在不遠的距離內就有高雄市這個真正的國際大都市。但是台北市除了是個大都市之外，另外在感覺上應該有一種政治及行政中心的威嚴和派頭吧，我想這是台灣別的城市比不上的。

雖然暫時沒有考試，反而在旅行前一天晚上我還居然睡不著覺哩。那晚正在興奮難掩的時候，住在我家對面的寶二爺就跑來找我聊天。兩個人一邊吃著西瓜一邊非常興奮地討論著明天要前往的台北。

寶二爺吐了吐西瓜子說：「林旺東，你這土包子去過台北沒有？」

「沒有。」我不好意思地說：「我去過最北的地方就是台南了。」

「嗯，我也沒去過台北。」寶二爺居然臉不紅氣不喘地說。

「哇哩咧，沒去過還說的跟什麼似的。」

寶二爺說：「旺東啊，台北是台灣最有文化水準的地方！聽說那邊國中生都可以直接用英文和外國人直接交談哩。」

我聽了嚇了一大跳，在我們光大國中不知道哪一個同學有這種本事。除了從香港來的何詠妍同學之外，大概沒有人能夠用英文直接跟外國人交談吧！這時候我不得不對台北有了一種敬畏的心！

出發的這一天終於到了。當一輛又一輛的遊覽車駛進校園我們都忍不住歡呼起來！坐上遊覽車，車子漸漸離開光大國中的那個moment，感覺上非常的特別。畢竟我們從來沒有在大車子裡看著我們的校園。暫時再見了，我們醜不拉幾的校園。呵呵！

車子上了高速公路之後，看到了台灣的城鄉田野，更是令人覺得心曠神怡。外面的世界是這樣的廣大，我們十四、五歲的世界，不再只是每天在光大國中和家裡之間來回奔走，讀書、考試、讀書、考試……

對屏東來說，過了高雄以後都算是北部了。有人問到為什麼要過了高雄呢？要知道屏東市比高雄市大部分的地區都還要北邊一點。我們的車順著高速公路一路狂奔而上，走過我們在地理課本裡面也都沒有好好教導的山河大地，所以連雲林和彰化哪一個在比較北邊都不清楚。反正這考試不考嘛！

我們在經過一次休息後花五個多小時終於就要接近台北了！

一開始是經過一條很大的河，老師告訴我們，這就是淡水河。那河面很廣，水量之大讓號稱下淡水河的高屏溪顯得有點胡鬧，這河水色有點灰暗灰暗的，它的流速好像沒有高屏溪快。過了河就進入台北了！大家很興奮地往外看，看那台北到底是怎麼樣的一個地方！

可是一開始，大家的印象是有點不能不說是失望的。都市的景觀並沒有我們想像的全是高樓大廈，你可以看到很多低矮陳舊的房子，看來是一個並不新穎壯觀的都市。唯一讓人看起來比較震撼的是一棟紅色的中國宮殿一樣的房子，我們都知道這就是所謂的圓山飯店吧。不過這也沒有什麼。高雄澄清湖的旁邊也有圓山飯店，只是可能沒有台北的這麼大罷了。

下了高速公路我們並沒有轉到到圓山飯店這個方向，原來我們要先去參觀我們的第一個景點。也就是我們中華民國的最高權力中心總統府。下了高速公路之後，我發現這裡的道路還蠻窄的，車一多更顯得狹小擁塞，完全比不上高雄市那種寬闊壯觀的多線道馬路。在高雄的雄壯對比下的台北，一時顯得氣派差了很多。

大家七嘴八舌地討論了起來，都認為台北的路很小，和屏東的市中心也差不了多少。

「沒關係，你們看到了總統府就會覺得台北還是了不起的。」本班對台北最有瞭解，還常去台北的班長胖帥這樣說。

果然看到了總統府的時候大家都有一種震撼感。你一天到晚看在鈔票後面看到的總統府就在眼前，怎不讓人興奮呢？當年的總統府是不能入內參觀的，只能在外面看看。不久大家都拿出一百元的鈔票來比對總統府，奇怪的是鈔票上有一對白色的噴水池，在現場大家看了老半天也沒有看到。

寶二爺的一句話最能把大家心中的感覺表達出來：「沒想到這麼大啊！」

看完總統府，我們住到一個不知道為什麼要叫做什麼活動中心的地方，為什麼旅館要叫活動中心呢？這個我們也都不瞭解。但無論如何，這個叫活動中心的地方看起來好像還不錯，雖然說房舍也算是有點陳舊，但畢竟還算有點規模。很快地各班集合分配住的地方後，大家就趕快把行李搬了進去，然後就集合吃飯。大家都飢腸轆轆了，雖然飯菜也並不是特別好吃，但是大家都還吃的津津有味。

吃完飯後，大家就在這個活動中心中間的池塘旁逛逛休息一下，幾個同學正在想用石頭打水裡的魚的時候，只見周公手持一包乖乖一邊吃一邊跑了過來說：「快！快來看，王伯伯真的厲害！他在和外國人講英文呢！」

我們幾個王伯伯的信眾都好奇地跑了過去，只見我們的教主王伯伯居然真的和三個金髮碧眼的女生在大廳裡交談。

在屏東也不是沒有見過外國女人，但從來沒有人可以用英文和外國人講話的啊！看比利一派輕鬆地和他們談笑著，大家都看得傻了眼。

第二十一回

教主學養鎮番女
名畫氣勢啟玉姝

等王伯伯和這二位外國女生講完話，我們才敢走過去。

王伯伯先說話了：「My dear classmates，我有帶撲克牌，等一下要在房間玩牌嗎？」

周公止住了王伯伯的話說：「先不要講這個，你……你……跟人家講英文到底講了些什麼呀？」

我們也都好奇地看著王伯伯。

王伯伯笑了笑說：「反正就是隨便亂聊聊，沒有什麼啦。剛才我從外面進來，看到他們三個在討論要去哪裡玩。我知道這附近就有士林夜市，就跟她們提了一下。她們問我是哪裡來的，我就邀她們有空就來屏東吃屏東肉丸！」

周公笑道：「哇靠，厲害了。屏東肉丸怎麼講呢？」

王伯伯淡定地說：「Ping-Tung Soft Meat Ball.」

這時候寶二爺也非常不解地說：「比利，想不到你的英文可以講得這麼好。」

比利聳聳肩笑了笑說：「其實他們講什麼，我還是有點聽不太懂。我只是隨便亂說一氣啦。哈哈。」

這時候胖帥用手摟著王伯伯的肩頸說：「好小子，可是剛剛看你跟他們談的這麼融洽。臉上那種豬哥的笑容是怎麼回事。」

王伯伯掙脫了胖帥之後笑說：「這沒有什麼嘛，在三個美女面前，你能不笑嗎？哈哈哈。」

大家還是有點不敢相信王伯伯的話，但我覺得我對教主的崇敬真是如尼加拉瓜大瀑布之水一般滔滔不絕！

這天晚上，當大家都回到房間洗好澡之後，一些好事的同學們都聚在王伯伯他們這一組住的房間來，本來想要玩牌，可是最後不知怎麼地就聊起天來了。

本來只是聊一些今天的所見所聞，聊著聊著，寶二爺忽然間說：「今天太難得了，我們去找女生班的同學一起來聊天吧。」

話一說完，大家都紛紛都說好。但是胖帥馬上說：「俗話說的好，誰提議的就由誰先做。那就有請寶二爺去找十九班的程怡同學過來玩好了。」

寶二爺這時候說：「錯了！錯了！這當然是要請轟動全校、人人皆知的胖帥班長來邀請陳怡同學才是眾望所歸啊。順便把程怡的左右兩大護法，快嘴妹和黑美人二位都找來才是正經！」

胖帥說：「你去吧，我知道你想找的是天下第一美女何詠妍同學！」

就在兩個人互相推託了很久以後，大家看來是僵持不下。許伯伯說：「不如來抽個籤好了，誰抽到就誰去。」

這時大家都你看我我看你的不發一語，看來都沒有人真敢去。

胖帥說：「寶二爺如果不去，你在我心中的崇高地位就不免要打折扣了。」

「我是為了你的一句話我才問的。」寶二爺說：「畢業旅行前，你說這次旅行要找程怡講話的！」

於是兩人又爭了起來。大家都紛紛燥動了起來，想說有一場熱鬧可看。

這時，在一旁一語不發的王伯伯站了起來。他有點似笑非笑又無可奈何的說：「男子漢這一點小事都不敢嗎？」

他看了看胖帥說：「程怡是吧？」

他又指了指寶二爺：「何詠妍是吧？」

王伯伯伸手往桌上一拍說：「好！同學們，大家坐好別動。我去！」

這時候我們都不禁鼓起掌來，王伯伯的氣勢比當年雄姿英發的周公謹還要帥。只見他慢慢地走出房間，一派輕鬆自在的樣子。留下大家在房裡目瞪口呆，都覺得我教教主實在是太神通廣大了！說到和女生打交道，他真是面不改色、華洋不忌、長幼不分、心凝手到。我心中對教主的崇敬又添了幾分。

等待的過程裡，大家漸漸一語不發，都想著說如果程怡和其他女生來了，那要講什麼話呢？十四五歲的男生在這個時刻的緊張真是非外人所能體會的。我有些口乾舌燥，呼吸急促。一邊心裡想教主去女生那裡要怎麼開口啊？

也不過就是三五分鐘後，房間的門忽地就打開了。大家都非常期待又緊張地要看王伯伯帶來的是怎麼樣的奇蹟！

不過只見進來的是另一位同學鄭生，大家見了不免失望。

鄭生說：「怎麼了，大家這麼安靜！胖帥你搖什麼頭。」

寶二爺問：「你見到王伯伯了嗎？」

鄭生說：「王伯伯？我看他神色匆匆地走過去。」

於是等待繼續。寶二爺不斷地喝著水壺裡的水，胖帥不斷地用手去打床，其他同學也不敢擅動，深怕王伯伯和眾女會忽然進來。終於門又再度打開，教主王伯伯來了。

這時只見王伯伯走了進來。我們看了半天，發現就只有他自己一個人。

這時候寶二爺說：「你不是要去邀請程怡她們過來嗎？」

王伯伯笑了笑說：「有嗎？我說『我去』，只說『我去尿尿』的意思。我剛剛只是出去尿尿。我就覺得尿個尿大家就在那裡鼓掌歡呼，有點不好意思。」

這是同學紛紛大叫一聲，拿出所有枕頭用全力把他打在枕頭下面，胖帥更用力地壓在枕頭山上面。這傢伙居然讓大家在那裡興奮了老半天。王伯伯掙扎了很久才從枕頭堆裡勉強地掙扎出來。

他一臉無辜地說：「TNND，我這個人一生稱英雄，唯一的一個最大的遺憾，就是老是誤交匪類！」

大家就在談笑中聊至很晚，直到老師來罵人才去睡覺。一夜無話。

次日早上的台北遊，倒也沒有什麼好說的。不過是什麼中正紀念堂、國父紀念館一類的。當時相信世界上先進各國的小朋友也會有類似這一種行程，就是一種緬懷「偉大領袖」的活動。一派的莊嚴肅穆，大家魚貫而入，行禮如儀。

但許伯伯忍不住說：「這廟看起來還不比我們高雄的佛光山來的有趣。佛光山還有籤可以抽，這個中正紀念堂香火雖盛，但是並沒有籤。」

周公也說：「這地方不小，但旁邊都是些低矮房子圍住，不像佛光山一眼望出去是廣闊的高屏溪和高聳的大武山。」

我只覺得那藍屋頂有點特色，一般的宮廟很少是用藍頂的。

倒是下午的行程令人有些期待，因為國文翁老師曾說過，這故宮博物院裡的文物寶藏之多難以想像。這裡面的寶物都藏在它後面的山洞裡，而山前面這一個有點醜醜的宮殿式建築，它的面積是很小的，沒有辦法一次全部展出所有館藏。翁老師說如果以現在的展場每個月換一次展出文物的話，一百年也展不完所有文物。這收藏之豐富可想而知。

果然到了故宮博物院裡面，我們可以說是眼界大開。這果然是在南部看不到的。很多我們在課本上看到的珍奇文物、書法字畫都一一呈現在我們面前。比方說毛公鼎，又比方說像清明上河圖。還有那個翠玉白菜、肉型石。看到了真正的真品的時候，說真的心中還是不免有點激動。於是大家一邊看一邊讚嘆，都覺得只安排個半天來參觀實在是有點不夠啊，這行程也不知道是哪個豬頭排的！

我們從一樓一路慢慢往上看到三樓。因為我們光大國中的人多，要隊伍整個走完說來也是不容易的。但是我校的同學們都非常守秩序，所以動線流暢，看來一切都還好。老師一再囑咐我們一定要跟上，不要擅自脫隊，也不要跑到別班的隊伍裡面去。

當我們看到了這期在展示的行書書法部分，解說上有說明有一幅是天下第一行書，那是當然是書聖王羲之的蘭亭帖。雖然說我們看到這幅說是唐朝才臨摹出來的神龍本，但是看起來還是非常的漂亮。果然不愧是天下第一行書。但是當我們看到展出的天下第二行書「祭姪文稿」的時候，大家就不免有點議論紛紛。

這時候寶二爺說：「這顏真卿寫的天下第二行書怎麼看起來有點亂寫，而且說真的感覺上還有點醜醜的。你看有好幾個地方還被塗改了。」

王伯伯在一旁聽了就不免笑著說：「這個就是你不懂了。這幅字被叫做天下第二行書，絕對有它的道理在。藝術品不在於是否看起來整齊漂亮，而在於是否能夠抒發感情，你看這幅字完全是有感情的。這裡面有很多的悲憤在裡面，千年以下還是情溢於筆墨啊。」

大家常聽伯伯的謬論，常常見怪不怪。但是當時我聽起來覺得他說的很有道理。

於是我說：「大家覺得王伯伯的字寫得好嗎？」

胖帥這時候笑著說：「不得不說是有點醜。」

但是我接著說：「可是要知道，這是屬於王伯伯特有的字體。而且我教教主寫出來的字，就是把他的感情放進去的。千年以後這也會是一項重要的文物。」

這時王伯伯點點頭說：「你講得很好！下次學期結束，我送一本我寫的作業簿。看你要哪一本都可以。你好好的收著，百年之後，這就是很重要的一個歷史文物，有一天未來的小朋友走到博物館裡面，看到了就會說：『大家看，這就是馬雅神教教主王伯伯的真跡啊！』那時候就會有個呆子出來說：『他奶奶的，這個字寫得真的有夠醜！』」

這時候大家又哄堂大笑。

但是因為我們有行程的壓力，不得不往前走。離開這件書法的展示室。

就在愉快的故宮參觀行程結束之後，大家來到故宮前面的廣場合照。最後點名準備上車的時候，班長胖帥忽然叫道：「咦！我們班上怎麼少了一個人。」

這時候吳老師也趕快過來再一次點名，發現果然少了一名。

我們的王伯伯不見了！

因為這是最後一個行程，所以其他的班級決定先回去旅館，留下我們班的車和我們在這裡。這時我們發現另外有一個女生班也留了下來，聽說他們也走丟了一個人。

這時候吳老師說：「班上人多，我不能把全班丟下來再進去找，這樣吧，林旺東和胖帥兩個人趕快上去一層一層找找。有一點記住，如果找不到馬上出來，不要到時候變成在找你們兩個，知道嗎？」

另外一班的女生班的老師也請我們一起找一個還沒出來的女生，畢竟大家都穿著制服應該很好找。我們說了聲「知道了！」於是我跟胖帥兩個人就趕緊衝進去。

我們跑了兩樓之後，才在一幅氣勢壯闊的中國北宋畫家范寬的《谿山行旅圖》前面發現了王伯伯。但更令人驚訝的是，他正笑嘻嘻地跟著一個女生在一邊看著畫一邊愉快地談笑著，那女生看來笑得非常愉快，還笑得彎腰到得用手撐著王伯伯的肩膀。我們仔細一看都當場傻了眼，就在這幅「故宮鎮院三寶」、「天下第一山水畫」前和王伯伯笑談的，居然是當時我們心中認為「天下第一美女」的何詠妍同學！

第二十二回

宗教感人無窮盡
旅程歡樂有歸時

只聽那王伯伯說：「這中國的山水大多是讓人物僅僅成為山水的點綴，其重點在於突顯人的渺小和與大自然融合的宇宙觀。我們馬雅神教的教義就在於體認人的有限，進一步就是讓自己提升到天人合一的境界。妳問我為什麼要在這幅天下第一山水畫前駐足甚久，實在是有感而發啊！」

何詠妍這時候說：「我覺得教主在這個世界上，就好像在中國山水畫裡畫上了一個外星人一樣！」

王伯伯笑道：「果然我和我所在的世界是有點格格不入，而且這外星人長得也有點太帥了，在畫中一點都不能融合嘛！哈哈。」

何詠妍笑得開懷，我們也搞不清楚這位小姐是在笑什麼。但還不待她開口，我馬上趕忙地說：「二位別再談笑了，外面大家準備要上車了！」

何詠妍忽然想起來了什麼，她說：「你不是有去過我們北海號的那個……那個什麼寶的……」

胖帥急著說：「那個不重要啦，我們先出去集合吧。」

哎，心中真是太難過了，居然連我是誰都記不起來。至少寶二爺還留了個「寶」字。

正當我們要出去的時候，王伯伯忽然說：「且慢！」

他一出此言，只見何詠妍用她那水汪汪的大眼睛一直看著他，看看這位大哥是否有什麼大道理要講。

只聽王伯伯說：「我們不可一起出去，免得多生枝節。Karen妳先出去。我們在五分鐘後再出去。」

哇哩咧，居然連人家的英文名字都叫出來了，原來何詠妍的英文名字叫Karen啊！果然是極好聽的好名字！

胖帥點頭說：「好！王伯伯果然臨陣不亂、膽大心細！如此果真可以免去不少麻煩。」

我聽了就一直在想胖帥說的話，「心細」還能理解，「膽大」不知道是指什麼。

但何詠妍小聲地用香港口音的國語說：「大鑊了，可是我怎麼跟老師說？」對啊，無故脫隊怎麼解釋！

王伯伯笑著說：「不要緊，就說在廁所裡一時出不來。古來英雄豪傑或美女佳人，都不免偶為廁所所困。沒有人會多所責怪的。」

何詠妍又嬌喘噓噓地笑了起來說：「啊！教主你真是機智啊！」

只見何詠妍向我們揮了揮手，快步地走向外面。看著她高挑優美的動人背影，我忍不住嘆了口氣。

胖帥這時不解地問：「咦？王伯伯怎麼會和香港妞在這裡呢？」

王伯伯也嘆了口氣說：「其實我也搞不懂。」

哎，我們聽了比他還不懂。

王伯伯接著說：「我本來在仔細端詳這幅畫，我覺得這座山我一定是在很久之前看過，也許是在四百年前就見過。就在愈看愈有感覺得時候，我發現大家都走了，這時只見有一個女生走了過來，我一看這不是那個港妞嗎？看來她旁邊看我好一陣子了，她趨前問我是不是馬雅神教的教主王伯伯。她說她久仰我的大名了，一直想認識我。我嚇了一跳，都不知我教的威名如此遠播！」

胖帥聽得目瞪口呆，我倒是一點都不驚訝，因為我曾在北海號外面聽到何詠妍說過那一番話。沒想到這妞居然自己真的找上王伯伯。

胖帥奇道：「奇怪，這位何小姐和王伯伯你原來才剛剛認識，怎麼一副她已經和你很熟的樣子呢？」

王伯伯聳聳肩道：「這就是宗教能夠感動人心的典範，想想一位從遠方的香港來到陌生的台灣外婆家住的女孩，內心世界是多麼不安和無助。誠如萬千我教信眾都想同沐星光一樣，這位同學也就覺得遇見本伯伯就如同回到心靈故鄉一樣溫暖，我想這也是有的。不奇怪，不奇怪，不過是人之常情！」

胖帥還想再說什麼，但我說：「快出去吧，是時候了。老師和同學們都在外面等呢！」

出了故宮博物院，回到車上，大家紛紛問我們發生了什麼事，我小聲地把教主王伯伯見何仙子的奇聞異事說了，同學們都說不信，但寶二爺聞畢搖頭說了一聲：「婦道人家就是比較愛迷信！」大家不知道其實寶二爺是有深意的。

周公就說：「林旺東同學真是唬爛王，這種事怎麼可能發生嘛。」，他一說大家都笑了。我只好把王伯伯的屎尿遁法拿來用，我說：「好吧，其實我們是去廁所找到後把他救出來的。別看故宮不小，廁所居然沒有衛生紙！」周公一聽才說：「這就比較像話些。」哎，這世界上的事，謊言往往聽來真實可信，真相反而聽起來虛假。

就這樣這一天的旅遊行程圓滿結束了。翁老師說得沒錯，故宮真是個神奇的地方，這是這次旅行最有意思的地方。只是不知如何，我覺得隱隱地有些悵然若失。

接下來第三天的行程就更是離奇了，居然排了要大家去慈湖謁陵。那慈湖說來風景是不壞，只是大家覺得畢業旅行這樣安排，不知該說是有創意還是說品味特殊。

而到了下午說是去桃園機場參觀航空博物館，本來這行程還算對國中的男生是有吸引力的，但是一到哪裡居然看到的是一個超級大的蔣公像，兩邊有一幅黑底金字對聯，上書「以國家興亡為己任，置個人生死於度外」，巨像前面寫著「永懷領袖」四個金色浮雕立體大字。

就在大家要衝進去參觀前，學校老師還要全體同學一一上前向那座巨像三鞠躬，那氣氛簡直就是莊嚴肅穆到爆。

後來開始看飛機的時候，王伯伯忍不住罵道：「TNND，看死人的廟，看紀念館也就算了，今天看了墳墓不說，連看個飛機都要先拜一下，哇哩咧，來台北都在看死人！」

大家都小聲地笑了。在那個年代，有些情感是不適合太明顯地表達出來的。

後來的行程，我也沒有太多印象，總之我們已經完成了畢業旅行了。不知為什麼，我只記得在回程的路上，王伯伯一直看著窗外一語不發，他看著一幕幕台灣的城鄉景色一路發呆。也許他累了，也許他在思索著什麼大道理。而我的心情隨著車行愈往南就愈沉重，總覺得歡樂的時光並不能持久，遠方的烏雲密布，有什麼樣的未來等著我呢？

無論如何，十五歲的我，經過這次旅行之後，台北已不再陌生，台北已不再神祕，當時就覺得還是我們屏東市比較好。難怪那時有一個唱歌的，老是在唱一首什麼「台北不是我的家」之類的歌。

第二十三回

「好漢棍下凝血跡
男兒膝前泛淚痕」

回到屏東，開學了。

新的學年正式開始，你喜歡不喜歡國三都不重要，離聯考的日子已經剩不到三百六十五天。國三的這一頁，真的開始了。

開學的這一天，學校只有在早上舉行開學典禮和大掃除之後就可以回家。但是不同於國一國二的學弟妹，我們國三生還是必須在下午留下來用功讀書，一直到了下午四點半，老師才讓我們回家。身為國三學生，對於這一切當然都是逆來順受的。畢竟這是為了我們的前途奮鬥的一年！

九月初的屏東還是酷暑難耐，夏天沒結束，秋老虎還在肆虐。大家揮著汗在車棚牽車準備回家的時候，王伯伯提議道：「大家趁著開學日來個小活動，一起騎單車去屏東糖廠吃冰吧！」王伯伯喜歡騎單車到處跑的。

我想了想就告訴他說：「糖廠還蠻遠的，雖然我們有腳踏車可以騎，但是會不會太晚回家啊。」

寶二爺也說：「難得今天可以早點離開學校，我們不趁著今天去，以後就比較沒有機會了。而且這麼熱的天氣，大家想想看糖廠的冰吃起來多麼愉快多麼爽啊！」

這時候就有五六位同學附議要去，看大家這麼有興趣，我也只好硬著頭皮跟著去。對我而言，糖廠還真的是蠻遠的。

屏東的糖廠最有名的就是它高聳入雲的大煙囪，這從屏東平原很遠的地方就可以看得到，聽說從萬丹鄉都還可以清楚看到。而除了廠內綠蔭處處景物悠美之外，它的冰店是最吸引人的，傳說中糖廠因為自己製糖，所以它的冰品裡面的糖放的絕不手軟，味道足、材料好、價錢又不貴，所以是屏東市的人消暑解饞的最好去處。

我們沿著屏東市的萬年溪往北走，這萬年溪是流經屏東市區的主要水道，本是本市的一大景觀，但曾經有一段時間變成排放污水的通道，味道臭的不得了，又有人把它改名為「萬年臭」。後來大家實在看不下去，市政府才開始整頓。其實萬年溪本身相當的漂亮，彎延曲折的河堤兩邊還種滿了楊柳。我們沿著溪一路往北騎，其實也不過就是二十幾分鐘就來到了屏東糖廠。

這糖廠是屏東的孩子一個很重要的回憶，我還記得小學第一次的遠足我們就是到糖廠去玩。早年還有很多載甘蔗的火車穿越屏東市的市區，有時候偶然會掉下一截甘蔗，我們就撿了回去，糖廠的甘蔗不比一般我們吃的黑皮甘蔗，它有著呈現綠色的皮，質地堅硬的不得了，所以一般並不適合拿來當作零嘴，但我們還是想辦法削皮來吃吃看，但實在是硬的不得了。只能含在嘴裡，那甜度可說是相當的甜。

後來班上見多識廣的林機全同學和大家說：「家裡大人告誡這甘蔗是不能撿的，因為這是國家重要物資，如果撿拾回去就是盜取國家重要物資，最高可以判處死刑並褫奪公權終生！」，所以大家聽他一說，雖然並不完全懂是什麼意思，但也就不敢再撿了。

我們一行人騎車來到了糖廠，立刻衝進一個日式平房，這個不起眼的平房就是屏東糖廠有名的冰店。這裡吃冰是一個有趣的經驗，首先你必須要到櫃檯上去買票，不同的顏色的票上蓋滿了不同的章，這預先買好的票就是待會到另一邊的窗口前向工作人員取冰的依據。這種模式著實有趣，我們都知道買票坐車、買票看電影，在糖廠你就得買票吃冰。小時候第一次來就覺得好好玩，記得屏東另有一家叫千涼的冰店也是如此。

我最喜歡吃的是一種紅豆冰淇淋，這冰淇淋不同於一般用紅豆做原料的冰淇淋，這種台糖的紅豆冰淇淋是把一大坨香醇綿軟的香草冰淇淋放在碗裡，然後再另外豪邁地淋上甘甜濃郁的紅豆泥，聽說這裡的紅豆都是用全台灣最好的萬丹紅豆，顆粒飽滿而且味道香濃異常。紅豆配上本來就很好吃的香草味道，真是一個令人欣喜不已的組合。

可能是非假日的午後，所以在這裡吃冰的人並不多，整個冰店偌大的空間有點空空曠曠的。我們一面吃著冰一面享受著一點午後夏日的涼風，然後就說一些「風涼話」之類的。當我們聊得正高興的時候，有幾個高大黝黑的高中生抓著籃球一身大汗地走了進來，其中一個見到王伯伯就大聲說：「王比利，你也來吃冰啊！」

王伯伯就起身跟大夥介紹，原來是他們家鄰居的一位李大哥。

只聽王伯伯說：「我們都叫李大哥叫『李白』。」

我看了看，這位大哥一點都不白，應該叫李逵才對。

哪知道王伯伯馬上笑著說：「本來街坊小孩都叫他李逵的，但他說他姓李，但不一定要叫他李逵，也可以叫他李白啊，沒想到大家叫啊叫的，他就成了李白了。」

王伯伯說：「各位，李白大哥也是我們光大國中的學長，今年考上了屏東中學。」

於是大夥都紛紛向他問好。

李白大哥笑著說：「學弟們，你們現在都是國三的學生啦。哈哈哈，我終於擺脫國三生活了。」

然後他就聊了很多他在光大國中的一些事情。奇怪了，大家同時在光大國中，好像我們對於另一個年級的人所知真的不多。

這時候我忽然有一點印象，這位學長好像是土匪當導師那一班的。於是我就問：「李白大哥，你在光大國中是土匪班上的學生嗎？」

這位大哥笑了笑說：「是啊。他是我們班的導師。你們都不知道在他的恐怖教學下，我是怎麼艱苦地活過這個國三生活的。咦？比利，你們十班的數學不是也是他教的嗎？」

王伯伯點頭答是。

「啊！這樣啊……」李白大哥先放下籃球，跑去買了冰，最後回到我們這一桌來坐下。

然後他說：「其實你們剛上國三，本來也不想讓你們太害怕。但是還是要告訴你們，讓你們有點心理準備。」

這時候寶二爺就問道：「什麼事情這麼可怕？學長但說無妨。我們也不是被嚇大的。」

學長看了寶二爺一眼，嘆了口氣就說：「你們還記得大頭棍這個光大第一神器吧！」

我們都齊聲說當然知道。

他接著說：「這個大頭棍在我國三下，也就是大概半年前神祕地失蹤了。大家都應該知道這件事吧。」

我們都同時點了點頭。我看了一眼王伯伯，他完全沒有什麼不安地吃著冰淇淋，神色自若。

李白大哥吃了一口冰便就說：「你們都不知道，土匪失去了那支大頭棍之後，曾經意志消沉了一陣子。但是為了家長的期許、學校交付的使命，他還是必需要讓我們振作起來！讓大家拿出吃奶的力量把數學讀出好成績來。」

哎，讀數學要用吃奶的力量，這樣的學習態度真是我國教育的一大成就啊。

他續說：「於是有一天，他忽然宣布了一件事，他說：『雖然沒有大頭棍了，但是大家要比以前更努力地讀數學。因此在這邊鄭重地告訴大家，也就是說以後我再也不打你們了！』」

這時周公就笑著說：「這是一件好事啊。所以學長後來都沒被打了吧。」

李白大哥笑了說：「這位學弟還真不知道天高地厚，他當時說他只想拿籐條打打二年級的小鬼，反正二年級還沒有到正式上場的時候，至於我們是國三了，他就想出了另外一招。他決定不用打的，但是你要知道，當土匪不再動手打人的時候，他想出的處罰方法卻是更慘絕人寰的！」

這時候大家忽然覺得全身冷了起來，就在這麼酷熱的九月天的午後，這恐怕不是吃太多的冰，而是聽到學長這樣講，又想起土匪平日教學的那種手段，大家不免都有點害怕起來。

這時候這位李白大哥放下吃冰的湯匙慢慢地說：「他的處罰的方法非常特別，只要是不及格的學生，一律在中午吃完飯後脫掉上衣只穿著汗衫，然後拿著一本數學課本跪在女生班前面的中庭，一直要到午休時間結束為止。」

這時我隱約想起在幾個月前，好像常看到中午的時候有一群人跪在中庭女生班的前面。可是那時候還搞不清楚是什麼事情，也沒有心思去多問。本校教學方式之多，手法之奇，我們都可以體會，只是老師總是推陳出新啊。

李白學長說：「大家要知道，數學不好，本身就是一件比較可恥的事情，但是跪到女生班前面又拿著數學課本，這等於是大聲地告訴大家：我的數學不好！你知道這樣對一個國中的男生來說是多麼地痛苦的處罰。那種心痛實在不能為外人道。被棍子打雖然肉體上是有些苦痛，但是苦痛總會過去。而你跪在女生班前面的時候，不只膝蓋有點痛，那最痛的是你的心！你的自尊、你那一點點做為一個人的尊嚴，迅速的被剝奪殆盡！尤其是在中午午飯完到午休之前的那個下課時間，所有女生都吃飽了飯在校園內到處走動，人人在前面走來走去，甚或指指點點，你可以想像那種感覺嗎？我曾經兩次出去跪，跪完了之後，我這個人就再也沒有尊嚴，再也沒有廉恥，再也沒有人格了。我後來就發憤的讀書，真正拿出吃奶力量讀書，就是不想再一次去嘗試那種在女生班面前下跪的滋味。」

我心裡想這土匪真一個不可多得的創意教育家，他能想到這種最可怕的懲罰。

李白學長又說：「以前也被大頭棍打過，我覺得打完了以後雖然痛，但那畢竟是我們身體這個小天地裡的不安和一時的創傷。但是到女生班面前跪了之後，才覺得那種傷痛……那種傷害才是全面的傷痛！」

這位看來高大威猛、瀟灑陽光的大哥說著說著，居然有一滴淚水滴進他所吃的冰淇淋裡。他居然有點說不下去，最後還是吃起冰來，最後他小聲地說：「這一切都是過去式了。學弟們加油！好好讀數學，多補習！」

我們聽完了以後心下不免覺得慘然。

果然就在我們開學後要舉行第一次模擬考前。土匪就說話了。他說：「各位同學，我對你們班是有期許的。我覺得我們三年十班是最優秀的！而數學就是決定我們聯考成敗的一個重要關鍵。我要告訴大家我對你的期許有多深，也就是我們現在要把及格的標準提升到八十分而不是六十分。也就是說我們的處罰要從八十分以下下就開始。」接下來，他就開始宣布了他獨步全台、精心設計的方法，要不是我們在屏東糖廠已經事先聽學長講過，恐怕當場就嚇破膽的。

最後他說：「考不好的人，在跪的時候自己應好好想一想，我要怎麼努力才能讓數學變好！我要怎麼努力才能夠抬頭挺胸地走在光大國中的校園裡面！」

就這樣這個時候，我們的國三生活忽然間蒙上一層烏雲，在烏雲密布雷電交加中，我們彷彿只聽到一個聲音：「今天不做數學高分的鬥士，明天就會成為跪在女生班面前的哀人。」真是何其慘痛，何其壯烈啊！午夜夢迴，你都會嚇得盜汗！

第二十四回

青衿一怒風雲動
慈母最難三春暉

就在土匪老師宣布了這個新的處罰方法的幾天後，這一天我下了課回家，剛進了門把書包一丟，就打開冰箱拿出媽媽煮好的綠豆湯，就喝了一大碗，真是冰涼好喝極了。

這時候我媽覺得有點奇怪地問到：「你今天怎麼不去補習呢？你今天不是該去補理化嗎？怎麼那麼早回家？」

我告訴媽媽：「我前兩天不是告訴你了嗎？這個禮拜我們學富五車的李老師有事，暫時停課一次嘛。」

我媽聽了點了點頭說：「好，難得早一點回來，那你吃完綠豆湯去幫我到雜貨店買二十個雞蛋好不好？我現在在準備晚餐沒有空，但是明天要拜拜要用到蛋，但是家裡蛋不夠了，你先去買個蛋吧！」

本來我有點懶，其實不想幫媽媽到雜貨店買東西。但是我忽然想到可以順便偷偷在雜貨店買一瓶玻璃瓶裝的豆漿來喝，這種豆漿味道跟早餐店賣的，或者是家裡煮的豆漿味道完全不一樣。特別香濃又甘甜，其實也不知道裡面到底加了些什麼鬼東西，反正就是好喝就是了。於是我穿了拖鞋，大步地走到巷子口外面的雜貨店去買雞蛋。

當年的雜貨店賣雞蛋不同於現在的超市，現在是一盒盒裝好了，而當年是你可以在一個放滿了穀殼的木頭箱子裡面，慢慢地挑選都出你想要的蛋。

這個雜貨店就是那種在你家巷口什麼都買得到的那種店。門口掛了一個「公賣局菸酒專賣」的牌子，旁邊還有鎖在牆上的公用電話和郵筒，從木頭製的貨架和厚重的櫃檯來看，應該是開了幾代了吧，一盞並不明亮的日光燈在店的正中央，卻讓店裡顯得更暗，兩把電風扇吹著，卻也不覺得涼。這裡面沒有大玻璃門的冰櫃來展示著各種飲料，唯一的冰箱是要老闆娘去幫你拿出你要買的飲料來。

走進了雜貨店，看來長得白白胖胖一幅和氣生財模樣的老闆娘正在和一位中年的黑瘦婦女聊著天，我跟老闆娘說我要買雞蛋。她臉也不回地丟了個塑膠袋要我自己去挑。於是我就蹲在旁邊照著媽媽教過我挑雞蛋的方法慢慢開始挑了起來。本來也不太注意他們在講什麼，一開始好像是在說他兒子今年去唸五專了，什麼什麼的。後來又聽老闆娘說好像光大國中今年聯考考的成績好像很不錯，那個黑瘦婦女和老闆娘的對話本來我也不是很在意，這時候聽到「光大國中」四字，我就稍微留心了一下，結果我忽然聽到黑瘦婦女講到什麼「光大國中其實一點都不好、是個很糟的學校」的事，我就提起一點興趣略豎起耳朵仔細聽了起來。

只聽這位講了一口台灣國語的黑瘦媽媽跟老闆娘說：「……我兒子喔，我兒子實在是很憨慢，他爸爸本來希望他考高中，然後去考大學。可是他的數學不好，我也覺得他也不是讀書的料，就還是讓他去念五專。而且每次看他爸爸跟他為了讀書的事情在吵，我心裡也很難過。我對光大是覺得有問題啦。為什麼這麼說是吧。嗯……他在國三的時候，有一天我發現這孩子中午吃飯的便當居然忘了帶，想想就趕快幫他拿到學校去，免得他挨餓。那時候已經十二點多了，這孩子也不在學校的公用電話打個電話回來，我也不知道他忘了帶便當要吃什麼當中餐，反正先把便當送過去。結果到了學校我找了老半天才記起了他的教室。結果他不在教室裡，他班上的同學說他現在在學校中庭，我想奇怪了，不吃飯去中庭幹嘛呢？於是我就走到學校中庭，說來很心酸，唉……」

老闆娘好奇地問道：「到底怎麼了？」但蹲在木箱子旁撿蛋的我心裡這時卻明白了是怎麼回事了。

這位黑瘦的媽媽接著說：「哎喲，在水泥地上就發現有一群男生跪在中庭的水泥地上面，我仔細一看，發現我的兒子居然也跪在那裡。瘦小的他脫掉了上衣穿著汗衫，手上好像拿著一本書。我嚇了一大跳。」

老闆娘問道：「中午時間剛吃飯，跪在水泥地上幹什麼呢？他是做了什麼不得了的壞事嗎？」

「我一開始也是這麼想，到底是做了些什麼壞事？」那黑瘦媽媽說：「我忽然間覺得心裡很難過。你知道嗎？我的兒子雖然不是那麼聰明，話也不多，但是從小還算是蠻乖巧的。每天下了課，還會幫我洗個碗筷、掃地、倒垃圾什麼的。雖然說他哥哥就很不錯，兩年前考上了師專，我們也放心的。但老二成績雖不是那麼好，但還是一個好孩子啊。我本來想這個孩子一直都很乖，那天我就覺得很奇怪。為什麼跪在哪裡？其實作為父母無論如何心裡是相當難過的。我的心好像刀割一樣，當場我就流下眼淚。」

老闆娘倒了杯茶給那媽媽，接著說：「妳有當場問他嗎？」

那黑瘦媽媽說：「本來我也想去問他到底發生什麼事？但是我不敢再往前走。我怕如果他忽然發現我不知道會怎麼樣。那天回到家裡，我怎麼問他怎麼了，今天怪怪的，他都不說，也不吃晚飯、自己把自己關在房間。最後他爸爸拿棍子進去把他打了出來，質問他到底做錯了什麼壞事，居然不肯跟父母親講。打了一會之後，我兒子才哭著說是他數學考不及格，被老師處罰拿著數學課本到中庭的地上去跪。我本來想數學考不好也就算了，學校老師的這種處罰也太過分了。沒想到他爸爸聽完以後，又再打了一巴掌。說數學不好出去跪，這也是你自找的。一天到晚叫你好好讀書，考不好被罰有什麼好哭的。哎，後來我跟他爸爸談了很久，他爸爸才願意讓他去唸五專。」

這種灑滿狗血的家庭親情勵志大戲在我國的一般家庭是滿常上演的，只是有了光大國中的的土匪，劇情張力比較大些。

後來這老式雜貨店的老闆娘說些什麼「王永慶要讀什麼書？國小畢業還不是也賺了那麼多錢。」之類的話來勉勵那位媽媽。這位王董事長在很多時機都會被拿來講一講的。

買完了雞蛋，我心情有點沉重地走回家。連本來想要偷買一瓶來喝的豆漿都忘了。這件事情給了我很大的衝擊，我想如果不能好好讀數學的話。哪一天就是我要跪在中庭的水泥地上了，不知如果我去跪，我媽看了會如何。

第一次的模擬考，說真的我覺得考得還算是得心應手。但是有一科我是特別的緊張，當然也就是數學囉。因為這一次標準提到八十分。沒有達標就得要出去跪。

那是一個深秋的早上，這一天的屏東其實也不冷，但這是一個非常敏感的日子，走進光大國中的校門時，我心裡會想今天是不是我生命中最差的一天呢？

早上的第二堂課會發數學模擬考的考卷。還記得那天發考卷時那種緊張的程度，是國一國二都從來沒有過的。當我拿到成績確定自己不用出去跪的時候，心裡也曾經高興了一下子。但是想到不少好朋友、好同學可能給出去跪，心裡還是有些沉沉的。而且國三的數學考試還有很多，要跪的機會還很多啊。當考卷發到許伯伯，他還是一副天塌下來都不怕的樣子，衣服沒紮好，鞋子鞋帶也沒綁好，只是大步且呆滯地走向講台。拿了考卷之後他看了一眼，我從他臉上的表情也看不出來到底他是考得好還是不好。倒是數學老師講了一句話：「許述聖，你要是別科都能夠表現得像數學這麼好，那不就得了。」

這樣說來許伯伯大概就沒問題了，這時只見同學們有些要去跪有些不用，但畢竟標準比較高，需要去跪的同學終究是超過一半。教室裡有著一種不安和肅殺的氣氛。我在想，如果我要去跪，可能會要求家裡幫我馬上轉學到別的學校去，因為再也不敢在光大國中見人了。

終於輪到我教教主王伯伯了。

比利走到前面去。老師把考卷給了他，也沒說什麼。他拿了考卷看了一眼，苦笑了一下又走回來。我趨前去問他怎麼樣。他略嘆了口氣說：「差了點，就差了一點點。中午就陪同學們去跪跪吧。」

只見土匪發完考卷後面無表情地說：「今天中午吃完午飯，該跪的人拿著你的課本，脫掉上衣穿著汗衫，就直接到指定地點去跪。我不定期會過去看，不要給我想什麼鬼點子。好好反省一下自己為什麼數學考不好！」

中午吃飯的時候。就呈現幾家歡樂幾家愁的景象，有同學成績雖然不好得去跪，但仍大聲地說：「有什麼了不起，跪就跪嘛！我國小就常在跪了，還怕他嗎？」但是也有同學難過得根本都吃不下飯。王伯伯卻神色自若地吃完了飯，我和許伯伯都不知道怎麼安慰他。正當我要說話的時候，他笑了笑說：「耶穌基督為了世上的人背著十字架，釋迦牟尼為了所有的眾生他必須放棄一切而經過苦行的磨鍊，看來每一個偉大的宗教家都要經過這樣的試煉。」

他聳聳肩，有點不解地看著桌上吃完的空便當緩緩地說：「我只是不知道，數學考不好對一個人一生的影響居然有這麼大。」

當他這麼說的時候，忽然間我發現他有著那麼一點的失落和痛苦。這是我很少在他臉上看到的表情。這位瀟灑大氣的少年，這位來自星星的過客，真要來體驗人間世的苦難了。

吃飽了飯土匪並沒有來。一個他在當導師的一年級那個班的班長過來，他說老師要今天考試成績考不好的人現在到中庭去跪。於是很多同學雖然難過，還是脫了上衣穿著汗衫拿著數學課本往中庭走去。

我看著王伯伯也無奈地走了出去。心裡真是難過到了極點，也不過就是一個數學的考試，也不過就是那一題兩題的差別，有必要跪在那裡接受這樣的恥辱嗎？這麼多這麼多的人難道都沒有人反抗嗎？我馬雅神教教主是一個如此偉大的存在，他是受到這麼多人的喜愛，想到這裡我心裡真的是有點急了，我們就不能反抗嗎？考不好的同學被土匪定了罪，於是都覺得自己有錯，考得好的同學也不敢出來作聲，畢竟自己不用出去跪。我是一個平常不是非常願意出頭的人，說起來膽子不算大，但我想到昨天聽到的故事，再今天親見這一幕在眼前發生，再看到平常不少好同學、好朋友含著眼淚往外走，從三年十班二樓的走廊往下看，同學們好像是要去被槍斃一樣的，一個接著一個走到中庭中間，在女生班前面去跪下。我忽然有了一個想法。

那一天，也不知道為什麼，可能是我整個國中生涯最激動的一刻。那一刻忽然間我做了一個自己到今天都還不明白的舉動，到底哪裡來的衝動呢？是年少壓抑的熱血，還是身為一個人基本上對強權的反抗基因？從前聽老師們講黃花崗七十二烈士，這種態度是不是在我心裡種下了種子。我衝到光大國中教師休息室前去大叫：「莊XX，你給我出來！」可惜土匪並不在教師休息室。我開始破口大罵，還講了不少髒話。至於自己為什麼要去做這件事，我自己也搞不太清楚，我只是覺得總要有人出來說這是錯的。難道全校老師都沒有一個人正視嗎？我要大聲叫出來，讓大家重視這件事！

我衝進教室休息室，土匪並不在桌子前，我順手拿起他桌上的籐條，把桌上的東西全部掃到地上，然後用籐條在他桌上用力猛打，那聲音震撼了整個光大國中！我的心也跳得厲害，彷彿那聲音也在我心中迴盪不已。

這時候學校的管理組長鍾老師走過來，拉住了滿臉通紅且眼中泛著淚光的我。他問我到底發生了什麼事，他強大有力的手臂讓我不知如何感到一陣溫暖。我告訴他：「鍾老師，現在有一群同學跪在中庭，請問數學考不好是犯了什麼樣的滔天大罪？有需要跪在中庭？如果今天光大國中全校老師都說這是對的，我覺得在這種學校唸書也沒有什麼意思。」

光大國中的管理組長鍾老師在本校人稱「藏鏡人」，一向是以嚴格管理學生的品行出名的，他那臉的酷勁直逼阿諾史瓦辛格的魔鬼終結者。光大國中裡大家都很怕他，但我那天就算是拼了。沒想到鍾老師沒說什麼，先蹲下來把原本土匪桌上的東西撿起來，他還要我幫他撿，我也不好說什麼，只能幫著他撿。

鍾老師沒說話，他默默地把一切都恢復原狀。學校老師不少也圍過來看，我想大家都聽到我說的話了。我一面也幫鍾老師收拾，一面心情卻也略平復一些，居然開始有點害怕我會受到什麼處分。心想：「林旺東，你這傢伙完蛋了！」

第二十五回

「悲苦離合人生路　去憂忘塵少年時」

我驚訝地看著鍾老師。本來還以為他會生氣。這時候其他老師也紛紛圍了過來問怎麼回事。我本想再一次大聲質問有沒有老師認為這是對的，但就在這個時候我們的導師吳老師從外面匆匆趕了進來，他一身大汗，顯然是跑了一段路過來的。他問我發生了什麼事，我只覺臉熱心跳，一時說不出話來。

吳老師溫言道：「慢慢講，我剛剛在車棚就聽到有人在說三年十班有人大鬧教師休息室。我沒想到居然是我們的林旺東。」

我略靜下心來，就把整個事情跟他說明。

吳老師一面聽我說，一面愈來愈不高興。

我說：「老師怎麼辦？我……對不起，我應該先找老師報告的。」

吳老師大聲說：「這個事情當然不應該在我班上發生。任何我的學生絕對不容許任何人對他們做出這種不合理的處罰！鍾老師，你和我一起去處理。」

只見吳老師老師快步往外走，我也和鍾老師跟了出去。吳老師把跪在地上的同學一個個拉了起來。但有些人還是很害怕地不敢起來。

吳老師生氣地說：「這是我的命令！沒事。所有人立刻回教室去休息！馬上！」

於是大家才都站了起來就走回十班教室。

這時候我的情緒非常的混亂，當然一方面高興老師出面解決這個問題，另一方面不知道今天大鬧教師休息室的後果是什麼。我並不後悔。我只是有點擔心這個事情傳到家裡爸爸媽媽說不定會很難過。

這時候吳老師把我叫到走廊上。我不知道老師要說什麼。只聽他溫言道：「這個事情老師會處理，你不用擔心。還是要好好唸書。做自己該做事情就可以了。沒事的，去休息吧！」

我向老師鞠了個躬，回到教室。同學們也都沒有人午休，大家輕聲地討論著剛剛發生的事。我看比利有點垂頭喪氣地坐在哪裡，但自己有點闖出事來了，也沒有心情多說什麼。有些同學聽胖帥說我剛剛的事，都跑過來稱讚我的勇敢。其實我並不勇敢，只是被逼到不得不做一下身為一個人應做的事。

王伯伯站了起來走向我，他拍了拍我的肩膀，什麼話都沒說，我點了點頭，一切都在不言中。

寶二爺看我有點難過吧，他也走過來告訴我說：「沒事啦，吳老師都出面了，你不用擔心。不過……林旺東，平常看你只會搞笑，想不到你敢鬧這一條大的！」

吳老師說他會處理。果然在這件事情之後，土匪好像完全什麼事都沒發生一樣，還是來到班上上數學課。他還是拿出籐條來處罰考不好的人。但大家覺得用籐條打終究還是合情、合理、合宜的一種方式。當時可能也是合法的吧。國三大家都很忙，這件事就在大家都不去談也不去想之下淡出。我們還是向著聯考努力前進吧。

這就是我們的國三生活的一頁。

嗯，國三的生活就是在小考、中考、大考、模擬考、發考卷、檢討、愛的處罰、讀書、衝刺中度過。當然這裡面也不是完全沒有值得高興、值得一提的事情，但是不知道為什麼，也可能是我的心裡非常不想回憶這一段日子的種種，所以國三生活的記憶都變得相當稀薄。總覺得國三這一年時間過得真的是飛快，也不知道怎麼樣就來到了聯考的日子。

快到聯考了，班上的氣氛有很大的不同。每個人都為了準備聯考在努力中。當年的我決定到台南去唸高中，原因是我爸爸也是在台南唸高中的，寶二爺、周公也要去台南考。王伯伯和許伯伯決定留在屏東考屏東中學。胖帥則要去台北，很快地大家都覺得到了分道揚鑣、各奔前程的時候了。只是因為聯考前的緊張氣氛和強大壓力，大家並沒有什麼感傷，也沒有什麼離情依依。

生活中除了聯考還是聯考，唯一另一件令大家關注的大事則是當年紅極一時的港劇《楚留香》。當年只要週六晚上楚留香一播放，整個街市上空無一人，大家都在電視機裡看楚留香。在苦悶的生活裡，大家都在討論著楚留香裡的劇情。大家對香港都充滿了好感，因為何詠婀的關係，大家都覺得香港都是些俊男美女。每當楚留香的主題曲一放，人人都會跟著唱。

就在快接近聯考的時候，考試的壓力大到極致，但楚留香的劇情也一路向上發展到最高潮。大家都沒有想到的事發生了。劇中的女主角蘇蓉蓉居然會在快結束的時候死了！

這個震撼真不小，一般只能接受happy ending的國中生可說是完全不能接受。聯考只剩一星期了，十五歲的心靈除了要面對聯考之外，還要承受這樣的生離死別，內心壓力之大可以想像。

就在蘇蓉蓉為了救楚留香而殉情的第二天晚上，我用延長線把燈拉到院子裡讀書，因為室內實在太熱了。另一方面也因為心情很難過，在房裡完全讀不下。住在對面的寶二爺見了也拿著書過來一起讀。但大家都知道，這樣更讀不下，我們索性在我家院子裡聊了起來。當然，話題還是離不開蘇蓉蓉的死。

我說：「自從昨天蘇蓉蓉死了之後，好像有點萬念俱灰！」

寶二爺笑道：「這是演戲啊！而且這些都是古人，所以全部好人壞人都一起死光了，所以就沒什麼好難過的。」

我拿著印有「楚留香」三字的紙扇搖了一會兒道：「我主要難過的，是覺得世界上歡樂的時光總是短暫，生老病死的痛苦所佔的歲月比較長啊。」

寶二爺想了想說：「我其實心裡也很難過，但人死不能復生……我們……可能要先考完聯考再來思考這個問題吧。」

我看著一隻隻撲向燈火的飛蟲，心裡還是有些不解，但也只能暫時接受寶二爺的想法，好好地先考試了。

終於聯考來了。箇中辛苦及煎熬在此暫且不表。

當年除了高中聯考之外，在其後面還有師專、五專、高職的聯考。

當時我已經決定考完了高中聯考後，什麼考試都不去考了。於是當不少同學還在考試，我已經開始在玩了。心情一時大好，我還記得剛考完就跟我爸爸說南一中應該會上。說得也奇怪，一考完聯考就用心地玩耍的我好像也忘了蘇蓉蓉的死亡陰影。整個人就開朗起來了。看來人在逸樂中思想就會單純些，只有在困苦壓力之下，人才會反覆思考「生命的意義」這一類的問題。

當年的屏東區高職聯考的一個考場就在我們光大國中，因緣際會之下，我和比利得到了一個打工的機會。這工作就是在高職聯考的時候，幫光大國中福利社賣飲料和便當。那真是一個很棒的經驗，等一早開始幫忙設好攤子搬好飲料後，就看著人家都進教室裡揮汗考試，而我們就輕鬆地坐在光大國中的走廊上看著攤子吹著電扇。那個感覺真是國中三年前所未有的輕安自在。就像是天上的神在冷眼地看著紅塵俗世的人們受苦一樣的置身事外。

就在等待著下課後會開始的忙碌工作之前，我和王伯伯非常清閒地聊了起來。

我不禁問他說：「眼看就要畢業了，我們的馬雅神教接下來的發展是怎麼樣呢？」

王伯伯凝望著校園裡比起高中聯考稀疏不少的陪考陣容，過了好一會才說：「其實天下的事情，不一定都要有什麼發展的。」

我說：「可是宗教一般來說不是都是可長可大可久，直到永遠的嗎？」

王伯伯笑道：「這你就不懂了。一般會說他的宗教會永永遠遠的，一般都是邪教。所有正大光明的宗教。大都會告訴你：一切總有一天都會結束的。」

我好奇地問：「是嗎？真有這回事嗎？」

王伯伯一邊搖著補習班送的紙扇一邊笑道：「你看，基督教不是說最後還會有審判嗎？審判一完，大夥就收拾收拾結束啦。那你再看看人家佛教，佛陀自己都說成住壞空，也就是說有一天這個世界整個都會消失的。佛教當然也會消失嘛！這一切才是宇宙的真理！宗教是人發明的，自然有一天隨著人類全部滅絕，宗教也會滅絕的！」

這時候來了一位家長，這一位白白胖胖的太太問說，我們這邊掛著牌子，說是有便當供應，怎麼沒有看到便當？我告訴他說，現在就拿來等一下就冷了，所以應該是快要到了吃飯的時間，便當才會送過來。

這時候這位太太又問：「可是這牌子上沒寫多少錢？一個便當多少錢呢？」

我一聽只好要王伯伯在那攤位顧一下，就一口氣跑去學校福利社辦公室問。

我跑回來告訴那個太太說：「便當十一點半會送來，一個便當是三十五塊錢。」

那太太說：「這便當怎麼這麼貴？」

我隨口告訴這位太太，可能是今天是特別的日子吧，所以比較貴。

於是這位太太說：「好吧，等到十一點半以後再過來買好了。」

等這位太太離開，我又接著問王伯伯：「那麼，我們馬雅神教就要結束了嗎？」

王伯伯這時候正色道：「當他要結束的時候，就會結束。當他還不到結束的時候，他就會留存！」

那幾天我正在看古龍小說，聽得王伯伯這一番話，我覺得還跟古龍小說的風格有點相似。

第一節考完後，買飲料的人潮開始多起來。於是我們就結束談話，全心地賣起飲料來了。

等到這兩天的高職聯考結束後，考季也算是告一段落。這高職聯考最後一節的下課鐘響時，大家交卷後幾乎都是用衝地衝出來。我們十班班上的同學都聚在一起聊天，這時候吳老師也來到現場，大家都聊得很興奮。

我們的胖師就跟老師說：「老師，考試已經結束了，不管考得好不好，我建議我們是不是應該在放榜之前，大家辦個郊遊活動。」

吳老師笑著說：「好啊！先把一切成敗先放下來，大家沒有壓力地好好的玩一玩！」

現在覺得吳老師真是一個了不起的教育家，大家要知道，當考試的成績出來，也就是放榜之後，那是幾家歡樂幾家愁的局面，而且不論考得好或考得不好，大家都只能各自分道揚鑣，各奔前程。

吳老師說：「對！那種放榜後的感受就不要先提，大家把未來的一切放到一邊，珍惜眼前的這份情誼來辦個活動是最好的。張有全，你來負責聯絡和規劃。不一定要去很遠，主要是大家聚聚。」

後來大家決定就在下週一去三地門烤肉，早上九點在學校門口集合。大家坐客運車過去！一但決定後，大家都拍手叫好。

於是國中生活最後一次的活動來了，大家心裡都有一種非常奇特的感受，因為我們知道，也許這就是我們國中生活最後一次的活動了。在這個活動完了之後，我們會看到聯考的成果，然後我們會走向自己人生的另外一頁。

第二十六回

「神器雖現人難再
教主遠去波光中」

大夥對於在畢業前的這個烤肉活動都有很大的期待，而準備的過程也是充滿了高亢的情緒。畢竟考試都考完了，放榜還沒有開始。這是一段在人生中少見的真空階段。前不著村後不著店的，心裡自由自在、無拘無束。又是青春強健的時節，人的一生有幾次這樣的日子呢？在十五歲的這一年，我們只知道考完聯考就可以好好地玩了，我們要是知道後來的人生有這樣多的艱難困苦，又會有怎麼樣的不同感受呢？

本來班上還想要分組去烤肉，但是因為班費剩了不少，吳老師也覺得也不用分組，就全班一組一起去烤吧。於是胖帥就負責準備全部材料的工作，他找了幾個同學跟他一起去。我們到了離學校最近的屏東市北區市場大大採購一番。屏東到底有幾個市場，其實我也不是很清楚。我知道有個中央市場很大，裡面最重要的店就是有何詠妍的北海號！另外就是離我們光大國中最近的北區市場了。這北區市場其實就在光大國中前面這條路上，從學校騎腳踏車，如果沒有紅綠燈的話，大概一分鐘就會到了。從小就常和媽媽到這個市場買東西，這個市場非常有趣，各種攤子從馬路一直擺到室內，由各種蔬果魚肉到衣服廚具都有，你可以在這裡買到所有日用的一切。我很喜歡去一家做餃子皮的店。他們用機器造出一大片的麵皮，然後用一個圓圓的鋼筒往麵皮上一壓，就出來一大疊的餃子皮。這個表演真是太有趣了。但我老是在想，他們壓剩下的麵皮怎麼辦呢？有一天我看了老半天，終於忍不住問老闆。老闆笑笑說：「我們再把這麵再做一次，就成了意麵。」

還有一家是賣各種炸物的攤子，他們的炸物大約有四五十種吧，有一種炸餛飩非常好吃，可以直接吃，也可以加上冬菜用來煮湯。當然，在北區市場裡面也有我們很喜歡的黑輪。

那天幾個人騎著單車到那裡，本來烤肉應該是要去買肉的。但是不知道怎麼樣，大家討論的結果，居然決定除了玉米青椒這一些烤肉必用的蔬菜之外，我們全部買各種黑輪去烤。胖帥的想法是：黑輪其實就算沒烤就已經可以吃，而一般的肉就比較不方便。於是我們就買了一大包一大包的黑輪。我在那天才發現，原來在市場賣的黑輪是這麼便宜，比我們去攤子吃的便宜多了。國中的男生採買東西是非常亂來的，但大家都買的非常高興。

光大國中應屆畢業三年十班的烤肉活動終於來了。

但這一天早上，大家發現情況有些不對。接連幾天的晴朗炎熱天氣忽然一變成為陰雨。整個屏東市籠罩在一片晦暗陰雨中，遠方傳來的幾聲悶雷，似乎告訴我們不要再前進了。一早來到教室集合的我們都無奈地看著窗外。

沒想到雨居然越下越大了，比利看看天氣說：「范仲淹說『晴喜雨悲』，之前沒有什麼感覺，而且下雨還不用去升旗曬太陽，多麼愉快。但今天感覺『雨悲』二字很有那麼點意思。」

寶二爺也湊過來說：「怎麼辦，總不能在教室烤肉，看來只能取消了。」

只見胖帥胖帥搖頭道：「這樣只好大家把食材分一分，回家請媽媽煮一煮了。想不到我們最後一次的國中活動之在雨中結束了。哎……」他看著我們借來的冰桶裡那一包包的黑輪，還有各種的食材不斷發愁。今天天氣一反平常居然還有些涼意，雷雨聲中，更有一陣風吹來，此情此景之下，好險胖帥身形並不單薄，否則就更添悲苦了。

這時吳老師走了進來，他總是充滿自信，今天也不例外，他看了看一籌莫展的同學們笑了笑說：「大家都準備好了嗎？」

大家彼此看了看，覺得吳老師是不是沒看到下大雨。胖帥舉手說：「老師，看來雨一時不會停啊。」

吳老師說：「雨是小事，我剛剛已經去協調好了。」

「協調什麼呢？難道老師有本事跟龍王講好讓雨停下來？」我心裡想著。

這時候吳老師笑了笑告訴大家說：「其實今天的活動最重要的不是去哪裡玩，而是我們班上最後一次全班的相聚。其實在什麼地方都不重要，最重要的是大家一起活動。我剛剛去學校總務處打了招呼，我們就在我們光大國中的腳踏車車棚裡面烤吧！今天學校有沒有上課、也沒有活動。整個光大國中的車棚都是我們的！」

我一開始沒有會過意來，但沒想到很多同學都開始歡呼起來了。

當年光大國中的車棚相當大，可能原來屏東市的地不算太貴吧，這車棚可說是驚人的大，幾乎佔校園面積的一半以上，可容納近二千輛的單車，四面通風良好，但有屋頂不怕下雨，真是室內烤肉的絕佳場所啊！

吳老師又說：「大家想想看，你國中三年有在車棚裡烤肉嗎？在我們最懷念的校園中和同學一起烤肉，是不是最棒的！好了，下樓開始活動吧！」

想想還真是非常別緻的活動。我們在光大國中的車棚裡就烤肉了起來。外面正下著滂沱大雨，還兼著雷聲電光的，車棚裡有些部分會有這麼一點點雨會透過車棚頂的細縫滴下來，但是也很容易找到一大片乾燥的地方，於是大家就分別把烤肉架拿出來，在附近撿那些石頭磚塊就稍微把烤肉架架起來。生火烤肉對於十幾歲的孩子來說是很有趣的一件事。我們準備了炭，但負責要帶火種的周公忘了帶火種。一時大家都有點傻眼了。

正在大家不知如何是好時，本班智多星阿西說：「我剛剛在教室看到一些沒清掉的作業簿和一些測驗卷。我們去拿來燒好了。」

於是有人就去搬了來，居然有兩大箱呢。大家拿來一看，都是最後一學期的各科作業簿和一些測驗卷。這麼多紙可有得燒了，大家興奮地撕簿子和考卷去燒，只見之前多少青春歲月投注其中的紙都化成熊熊大火，大家心中感受非常特別，好像可以燒掉國中一些青春的苦痛一般。本來大家還要繼續燒，直到胖帥說不能再玩了，木炭都火紅了，不該再燒紙。

就在這時候，有人拿起一些沒寫的測驗卷，從這其中掉下了一樣東西。這東西掉到地上居然還彈了起來，著地聲音非金非石非木，只是隱隱透著一股殺氣！

大家一看，異口同聲地大叫一聲：「大頭棍！」

大頭棍終於再現江湖！

驚嚇之餘，大家一時七嘴八舌地討論起來，有人說立刻燒掉，也有人說必須投入萬年溪中，也有人說要帶回去作紀念。

這時胖帥說話了：「把它還給土匪吧。這是他的東西！」

「可是……這會不會禍遺子孫呢？」有同學問道。

寶二爺笑著說：「這神器會是後來的小朋友們一生難忘的回憶，我們不該奪去，還是還給土匪吧！」

大家說了一陣，還是沒有結論。直到今天我也忘了後來這神器怎麼處理了。

寶二爺說：「我們不再怕這大頭棍了，我忽然想起孫悟空終於取到真經拿掉緊箍咒時的心情。一個字『爽』！」

大家都笑得極開心。

這車棚烤肉雖然真是簡陋極了，但大家都可以吃得很飽、吃得很美味。就像是當年的教育環境和聯考制度雖不理想，但大家都還是在困苦中學習和成長。國中生活真的結束了，我們在車棚裡烤肉，還真的是有點顛覆了所有的固有世界。

我們開始把所有東西都拿出來烤，又拿出飲料、汽水、點心、水果。大家坐在童軍椅上吃到快要站不起來了。

正當大家都邊烤邊吃邊談笑時，我和許伯伯注意到比利不見了。

「咦，比利去哪裡了？」我說。

「這傢伙總在大家最熱鬧時不見了！」許伯伯一邊吃烤黑輪一邊說。我聽了只得會心一笑。

我們四下找了一下，發現王伯伯在車棚遠遠靠校門的另一邊蹲著，不知道他在幹什麼。我和許伯伯走了過去，只見王伯伯正看著車棚一角發呆，那裡有水從頂上流下形成的小小水流。我們走近一看，只見一隻隻小小的紙船正在那小水流上往校園外流出去而進入外面的大水溝中。原來他把作業簿撕了一些來摺小船，正玩得高興而且專注。

「王伯伯，你一個人在玩啊！」我說。

比利看著小紙船頭也不回地說：「你們看，這是什麼？」

我和許伯伯看了老半天看不出來有什麼。

比利正色道：「我們就像這小船，雖只能隨波逐流，但終究是會離開這光大國中的！人生也是這樣，在其中你會怨恨，你會質疑，但喜歡也好，不喜歡也好，終會離開這世界。在離開之前，你說要怎麼樣去面對一切比較好呢？」

我一時也說不出話來，我教教主呆呆的講些傻話也不是第一次了。不久同學們也吃得差不多，不少人也過來摺紙船玩。看著一隻隻紙船隨流水往前奔去，我也有點體會教主的話。

最後天空居然停止下雨，不久居然有一點陽光出現。收拾好了所有的東西之後，吳老師本來想講些什麼，但他只是和大家一個個握了握手，又拍了拍大家的肩膀。雖然沒說什麼，但一切的祝福卻盡在不言中。

同學們也就一一散了，因為下一次回學校就是各別拿成績單了，大家不見得會再這樣聚在一起，所以在現場還是有點離情依依。大家笑鬧道別了一番也就散了。

我牽了腳踏車正準備走的時候，遠遠地看見我們教主也騎上他的單車，車子劃過了地上一大片的積水，激起了一些水花，在雨後的陽光照耀下，顯得這樣美麗。光大國中的大王椰子樹在雨後排成兩排，恭送著教主的身影。十五歲的記憶，就在教主離開校門的那一刻起，漸漸地模糊了起來。只剩下「平疇綠、遠山青」的屏東市風景，再沒有馬雅神教更多的傳奇故事了。

「曾經的故事　留下來的人」

有趣的靈魂萬裡挑一

吳佳穎（瑪雅神教「寶二爺」，作者摯友）

在矽谷，林大楝醫師是位名人也是奇才，左手半導體設計，右手中醫把脈。閒暇研究書道與佛經，現在居然要出第二本小說了。這本小說的背景是八十年代的南台灣，以林醫生初中班級為原型的原創故事。

林醫生是阿猴城的子弟，來自酷熱無比的南台灣屏東。除了常年讓人絕望的高溫，在屏東唸書的那個年代，耳邊迴響的盡是藤條的舞動，舉目所及是刀削的三分頭與西瓜皮，罰不完的蛙跳，考不完的模擬試卷，還有毫無人性的男女分班，這一切的一切都讓屏東的燥熱更加慘絕人寰。

好看的皮囊千篇一律，有趣的靈魂萬裡挑一。

然而在這個無比貧瘠的時空，居然出現了瑪雅文化研究社。當然社團的創始人就是才子林醫師，以及本書的主角，號稱瑪雅教主的王比利。

比利堪稱傳奇，以非聯考科目的廣度以及專業度來說，比利應該可以算博士生，甚至是博導了。他是「小摺快跑」系列的作者，古典樂評專欄作家，咖啡師，攝影師，自行車愛好者，登山愛好者，獨木舟愛好者，露營愛好者，經營著獨木舟體驗活動，獨木舟協會專業網站，博客閒閒來露營，以及不及備載的各類文章百來篇。

不管是矽谷林醫師亦或是傳奇王比利，他們人生都是無比精采，這麼動人令人稱羨的成就與軌跡的開始居然都是跟這個神祕的瑪雅教有關。真是令人好奇哪！讓我們透過林醫生生動有趣的描繪，穿越時空，回到黏膩燥熱的屏東，緊緊跟隨教主王比利，品味著南台灣特有的青春少年時光。

我心目中的王伯伯

張宏詮（瑪雅神教「胖帥」）

為何叫他王伯伯？他就是一個老杯杯的臉，裝在一個國中生的身體上。隨著時間的增加，發現他根本就是一個老靈魂強佔一個小孩的身體！趣味從這裡開始。

我的屏東老家

屏東老家是日式平房，有前後院，邊間有廂房，書櫃後面有密道可以爬進天花板，房子整個墊高，底下是可以爬進去，但是沒勇氣進去探險（被日本鬼故事嚇到）；爸媽平日都在診所忙到很晚才回家，所以我通常都是一個人在家。小時候我家那邊很好玩，鄰里的小孩三不五時會約定一起去不同的家，當天晚上那家的媽媽就會招呼來的小孩吃飯，然後一起洗澡。我媽要跟我爸一起忙，沒時間招呼其他家的小孩吃飯洗澡，所以讓我帶小孩回家睡覺，反正家裡房間多，姊姊們都在台北念書，只有寒暑假才回屏東老家。

上了國中，就不是小孩，到不同家吃飯洗澡這檔事自然就停了；我平日回到家，除了院子裡的狼狗玩玩摔角，就是想要帶誰回家睡覺。我成績不錯，又是班長，小時候長的一副溫文儒雅、彬彬有禮的樣子，所以同學爸媽都很放心讓我把兒子帶走。我會帶回家睡覺的都有一定的底蘊：有數學天才、哲學先知、反權威份子、物理高手、電腦程式設計、動漫狂熱、模型巧手；小男生的異想世界可以是多采多姿，無所不能。跟國中我們班同學在一起時，這個世界是充滿可能性；因為不管你說什麼話題，都有人能接下去，每個人都有無限成長的可能性！（國中畢業跟這群同學分開後，感覺社會能力是有增長，心性似乎停止成長。當同學再度聚在一起時，話匣子一開，那種感覺才又回來。）

王伯伯的侍寢及伯伯體的誕生

自從王伯伯出現，他就變成我家過夜的常客：他看起來上知天文、下知地理、古往今來、旁徵博引。引經據典不稀奇，他經常天外飛來一句，貌似無俚頭或是非常人之言；仔細想想，好像又合乎邏輯，蘊含深厚哲理。現在回憶起來，那些東西應該是外星人告訴他的。

最喜歡拿他的「明中日記」來看，他裡面都會寫隨想，有時候覺得他寫的隨想好厲害，甚至還用英文，問他還能跟你說得頭頭是道，實在太強大了！（長大之後發現有些是英文歌詞，重點在於他能說出那一番道理，還是很厲害。）他的文字是自成一格的王氏伯伯體，有著似笑非笑、帶著淡淡的哀傷；又有點睥睨眾生，何必庸庸碌碌追求名利。看過他寫的東西，剛好中視舉辦星際大戰有獎徵文比賽，我就叫他去參加，他拿了第二名。後來他用這筆獎金去自行車環島，寫了遊記好像又有得獎，伯伯體無敵啊！

伯伯的廢人幫

我會把朋友分類：念書的、做事的、遊玩的、運動的、社交的、賺錢的、科研的。我們這些國中同學在高中時各據山頭：有屏中、雄中、南一中、（中部忘了）、建中、成功；到了大學階段，才在台北與王伯伯重聚。為了慶祝重聚，王伯伯成立廢人幫，以世新為根據地，輔以文化的支持，加上台大的墊底（因為人數最少），立志拯救世人於水火，繼續宣傳瑪雅教義。不管你在外面如何張牙舞爪、叱吒風雲；來到廢人基地，你可以放心當個小廢廢、放聲大哭、頹廢不起。沒人會自以為是、假仁假義去安慰你（In fact, nobody cares. We are nobody here. Every nobody is born equal.）。等哭完了、頹廢夠了，最多有人遞個衛生紙，叫你把臉上的鼻涕擦乾淨，免得噴到他們；而且看著也礙眼。要是肚子餓了，告訴他們，會得到一句：「餓了就要自己去找東西吃，免得餓死了沒人知道。」

這裡沒有面子問題、社會成就地位問題、財富問題、家庭問題、信仰問題、政治問題、藝術問題；當你的存在遇到問題，可來這裡，休息一下；等休息夠了，再出去面對自己的存在問題。在這裡，什麼問題都能提出，你的問題沒人會評斷或加標籤，反正那是你的問題，不是我的問題，所以沒有問題。

我的一個四年問題，在廢人幫裡，經過伯伯的教化，瞬間煙消雲散，雞犬升天。大四那年，當我還為著初戀分手的事傷心落淚，王伯伯開口了：「大一初戀剛分手，你哭沒關係；大二你繼續哭也沒關係，才過了一年；大三你還哭，算你念舊。到大四你哭個屁啊，已經忍你四年，有完沒完?!」（他那時講的話應該更短）聽到當下，頓時覺得晴天霹靂、風起雲湧、當頭棒喝、兔死狗烹，眼前浮現人類從單細胞演化成現代人種的全部歷史，馬上腦洞大開，驚覺到我對不起天下的好女人們，讓她們在這四年裡沒辦法認識我這樣的好男人。馬上眼淚停止，鼻涕不流，肚子好餓，出外覓食。

這只是王伯伯隨手的一個神蹟，要是馬雅教早日興起，說不定妙禪會現身於信徒中，口中唸道：「感恩伯伯、讚嘆伯伯。」

在廢人幫，是我最快樂的時光。

王伯伯的不學無術

早期有些人可能覺得王伯伯不學無術，我也同意，但「不學無術」的定義要改成「王伯伯不學沒有術的東西」。

以前只知道他「夏天衝浪，冬天登山，春秋兩季趴趴走」。後來變成夏天划獨木舟；會烘咖啡豆沖咖啡，在台北要喝好喝的午夜咖啡，牛郎遙指比利家。在划獨木舟和沖咖啡之間，有寫樂評、搞音響、待過滾石、去過PCHOME、寫台灣第一本小摺（總共出三本），騎小摺綠遊台灣（幫他找GARMIN和蓄源贊助、全程用太陽能給手機電腦相機充電，期間生活起居用最環境友善的方式）。

到他告別式的那天，因為要安排來者的弔唁順序，才知道原來王伯伯參與的群體有「自行車」、「咖啡」、「天文攝影」、「登山」、「衝浪」、「獨木舟」、「音響」、「樂評」、「環島」、「姑娘山」、「巴黎」、「美國」、「加州」、「夏威夷」、「小摺」、「戶外活動」、「露營」、「pchome」、「滾石」，真是族繁不及備載；他在台灣戶外運動界也算是個名人，跨這麼多界的大概也只有他吧，也算是人死留名。

王伯伯的生活觀和愛情觀

伯伯的生活奉行：「用最小的成本，活出最高的水準。」這是真的，我會跑去他那邊聽音樂看電影喝咖啡，是為了給我快餓死的靈性補充點精神食糧。他在北醫那邊也住了十幾二十年，平常去都是想辦法在椅子上挖個洞或地上挖個洞，能窩著就行。一直到他告別式之後，所有東西清空，我和堂哥同時說了一句：「原來他的地板是這個顏色。」

關於愛情，他是用「小小而卑微的愛情，每一次都極力寵愛著每一個優雅而高貴的公主。」王伯伯很受地球人的愛戴，男女不拘，老少咸宜。最讓我佩服的，除了第一任女友在法國無法趕來，他的每一個前任可以相處像姊妹，安慰彼此，互相加油打氣。能夠愛上這樣的人，給這輩子增添不少色彩。

王伯伯的東西實在太多，可說罄竹難書；寥寥千字，實難盡情傾吐。總結一下，王伯伯玩戶外運動曬得很黑，他這輩子算沒白活。能認識這樣的王伯伯，也讓我的生活增添顏色。

有你，真好。

上天給了他浪漫叛逆又高貴的靈魂

許碩舜（瑪雅神教「許伯伯」）

「我們應該再繼續出發了啦，再這樣拖下去，晚上都到不了墾丁的。」一個有著黝黑健康膚色的青少年露出有點無可奈何的表情這樣說著。

這裡是楓港，到墾丁大概還有三十幾公里。才十點出頭，南國的烈陽，已經把柏油路曬到快溶化似的。

我硬著嘴說：「再多休息一下啦，就是在枋寮休息太少，休息少反而會更累，要休息久一點才會回復。要有大休息才夠。」

少年：「休息久當然能回復啊，那你要不睡一下明天再出發？」

我：「不用啦，再十分鐘。不，再二十分鐘好了。再二十分鐘我就是一尾活龍了。」

其實休息根本沒有用，從屏東到楓港，才六十幾公里的路就快要掉我的命了，枋寮到楓港這段特別辛苦，已經抽筋兩次了。現在愈休息只覺得腿好像愈緊繃。

少年露出一種無可奈何又似笑非笑的表情：「是啦是啦，你說的都對。但我們跟其它同學說要在墾丁吃中飯的你應該還記得吧？」

這就是我高中一年級暑假和王比利一起騎腳踏車到墾丁時，騎到脫力的我，停在楓港時和他的對話。一直到今天，那個豔陽下閃爍的大海及他那雙狡猾並看穿我嘴硬不肯承認自己體力不夠的眼神，到今天我都還歷歷在目。

我心裡真的好恨啊，如果我能像他體力那麼好就好了（要很多年之後我才知道，他體力根本沒多好，是我那時真的太遜了……）

◆

王比利可以說是我所有朋友中，影響我最深的。我不是很善於和人來往，從小朋友就少。但自從他國中轉學過來後，也不知道為什麼，就是和他談得來，我想應該是我們都在心底藏著叛逆的靈魂吧，雖然那是個威權且高壓的時代，但我們渴望自由的心，卻是一致的。

才國中時，他就老是跟我說他想要騎腳踏車環台灣一周。在八〇年代，環島可不像現在這麼熱門，你出門逛街都能在路上看到幾個穿自行車衣在騎車環島的人。當時如果你把這事講給大人們聽，他們多半會露出一種「你瘋了」的表情，然後勸誡你應該好好讀書，上了大學再說，不要想這些有的沒有的。

我那時聽了只覺得熱血澎湃，因為我隱約感覺到這其中藏著的叛逆和解放的味道，聽完後覺得「我也要跟著去啊」。所以他一跟我約要騎到墾丁，說是環島的行前訓練，我馬上就答應了，卻完全沒想到騎車這檔子事，最需要的就是體力……（囧）。

拉回來到楓港，死拖活拖的重新出發了，楓港到墾丁這段，好像又抽筋了兩次。早上五點半出發，一直到下午一點多才到了墾丁，到了後馬上就累塌了。想到還要騎回屏東就不敢。剛好坐車同往墾丁的朋友說他想騎，就把腳踏車讓給他騎回去了。

後來還跟王比利騎了一趟去曾文水庫，一整趟的山路（後來我再騎才發現根本只是小丘陵）把我折磨得半死。回程我也不騎了，坐火車回家。他後來再找我我都說不要，但王比利真的一步一腳印的慢慢把騎乘距離拉長。包括了騎台三線到日月潭。這趟要翻越澐密戰道，海拔最高到九六〇公尺的路線，我根本聽都沒聽過，當他說到一路下著大雨，他是如何艱苦的牽著車上坡時，我心裡真是羨慕又嫉妒。

當時學生們最重視的大學聯考，他彷彿一點也沒有放在心上，他的心只在考完後要去騎車環島。放榜後我們兩個吊車尾的都理所當然的落榜，他理所當然的問了我要不要跟，而我也理所當然的找了個藉口說媽媽要我去補習班報名重考所以不能跟。所以他當然也理所當然的自己出發環島去了。

十二天的旅程他只花費了不可思議的一五〇〇元，一路找著各種可能的關係借住，還借住到新竹市自由車場，跟著自由車國手們騎了一趟自由車場。回來後他帶著沿路拍的照片，每張照片後都有著無比精采的故事。聽完後我只有一個感覺：「我為什麼沒有去？就算腳會斷也應該跟啊。」

之後他甚至寫了一篇文章登上當時台灣唯一一本的單車雜誌（名字我忘了，單車世界之類的），文章相當相當的精采，當時連我家旁邊的自行車店老闆都跟我推薦過這篇文章，我也很驕傲的跟他說：「這我朋友耶！」只是很可惜，當王比利過世後，雖然我覺得他一定留著這本雜誌，但卻始終找不到。

隔年後重考，我有考上大學，我約他再一次環島。但這次他拒絕了，他的心思和興趣早就已經轉到其它的東西了，環島這事對他而言已經結束了。我這次雖然辛苦，但才從屏東騎到台東就結束了，因為我把膝蓋弄傷了。當坐著車回家時，看著太平洋閃爍的波光，我心裡是無比的落寞，感覺到我的靈魂的自由和放縱，終究是比不上我的朋友的。

上了大學後，我用盡了所有積蓄，買了一台貴到不行的Colnago公路車。那車其實完全不適合這麼孱弱的我，只有2＊7＝14速，而且齒比差距很小。我念的是東海大學，我甚至沒有辦法把它不落地從台中市騎到東海大學。

同學都問我這麼貴的一台腳踏車，我又不騎，為什麼不把它賣了換台二手的摩托車。但在心裡，這台腳踏車是別具意義的，它是一個象徵。我用它連結到王比利當年在我心中種下的種子，這是一個自由和解放的象徵，總有一天，我要用我自己的腳騎遍所有角落。

後來這台Colnago被偷了，我換了一台登山車，登山車的大齒比讓我感受到騎車的樂趣，不再見坡就怕。所以比較常騎車，大概每星期都至少一次會從台中市騎到我住的東海別墅。

大五那年寒假除夕，我決定從台中騎回屏東，第二天的路就是模仿王比利當年屏東到日月潭時騎的台三線澐密戰道，只是我由北往南騎。

這趟果然非常的辛苦，雖然有稍微鍛練了，但體力還是不行。往最高點永興的路上不知道牽了多少次車，往曾文水庫的途中不得已（要趕不及回家吃年夜飯了啊）的攔了便車坐到玉井後又繼續騎回到屏東，快到屏東前的十公里的九如，雖然是平路但已經連一步都踏不動了。打了電話叫同學出來拖我回去，一回到家坐下來就站不起來了。但身體雖然疲累，心裡卻是滿足的，我把這麼難的台三線澐密戰道騎完了，似乎有點追上我的同學了，不論是靈魂或體力。

那之後我也不再騎車了，一直到出社會工作後，我跟著王比利的腳步也買了一台小摺騎（他後來出過兩本小摺的專書）。

重新開始騎車後，我騎得比他瘋多了，幾乎每天下班後都要去家附近的山裡繞一繞騎車，體力也愈來愈好，環島的夢想終於也完成了，但騎完時卻是若有所失，我似乎每天都在趕路，像王比利那樣精采的故事呢，我好像完全沒碰到。有時我也會找他一起出來騎，但不是很容易約到他。一是他的興趣太多了，有時要划船，有時要登山，有時要觀星，很難剛好。二是他的體力已經完全不能跟我比了，我提出來的騎乘計畫對他而言大部分都太難。所以雖然我們住得不遠，但卻是很少一起騎。

他有一台自行車用的小拖車，我每次看到都笑他，說這台小拖車你是用來載什麼啊？重得要死，什麼行李用拖運的不是比較方便嗎？在台灣你要去那裡用得到這台小拖車啊？他就說他想要用這台拖車，拖著他的獨木舟和篷，慢慢的騎，到那個地方就停下來划船，划完後可以把帳篷搭起來野炊露營，看看天上的星星，然後第二天再繼續出發，目的地不一定。

是的，他就是這樣一個靈魂自由和浪漫的人，從小就如此。我從小模仿著他，學著他騎車，學著他看哲學書，學著他聽音樂，但我終究是不能像他這樣的輕鬆自由和浪漫。我以為我只要能學著他，經歷過他走過騎過的路，我就能擁有像他一樣的自由的靈魂。但我錯了，沒有人能像你一樣，擁有如此浪漫叛逆到高貴的靈魂，這便是上天給你的禮物。

隔壁班的男孩

薛守強（國中同學）

王比利是我國中隔壁班的同學，我在軍樂班，他在科學實驗班。那個年代的升學班得用各項才藝來包裝，所以還有美術班，合唱班，舞蹈班等等的名目。所幸沒有辜負了這些名號，在日常學業之外，我們著實利用課餘時間練習管樂，合唱，舞蹈……聽說他們班額外買了不少的顯微鏡。

等學業告一段落之後，幾位同學選擇待在台北工作，同為異鄉過客，大夥又湊在一塊；幾次不眠的夜晚與比利驅車返鄉，後來跟著騎腳踏車上山下海……。

以一個日夜加班沒甚麼休閒活動的阿宅工程師來看，忙著攝影，旅行，露營，爬山，騎車，划船，甚至出書上電視的王比利，簡直就是個不世出的奇人。他是不羈的飛鳥，帶點憂鬱的眼神似乎永遠能比我們看到更多的風景；他悠遊的天地總讓我們迫不及待地想要跟著加入。

不羈的比利，也許發現另一個世界更加美好，所以又先過去瞧瞧了。

屈指一數，國中畢業至今已過三十五年，不免嘆息青春太過短暫，慘綠少年轉眼已成半百老翁。好幾位同學離開人世，定格不滅，永遠年輕；而我們還在奮力的過著日子，如滄海一粟。想找出以前的信件與照片都不可得，才知這光陰原來也是漫不經心恍恍惚惚的度過了。

國中生活於我只剩片段的記憶：校門旁的墓地，被人追殺從二樓跳下的管理組長，劃破空氣的籐條聲，軍樂隊的練習，不敢正眼面對的女生，和被甲蟲惹怒的國文老師。

感謝大棟將他的文章集結成書，讀一群隔壁班男孩的故事，原來他們挨得籐條，與女同學的糾結比我們更多更複雜。

當年無法躬逢其盛，現在以此書來重溫過往歲月，趣味已多於苦悶。老夫聊發少年狂，該浮一大白也。

王伯伯在星空中一定會想再來地球的！我們可以想見他俯看地球時那種似笑非笑的輕鬆表情……

看完了少年王比利的故事，不知對您有沒有什麼啟發。其實在這個小說之後的歲月裡的故事也很精采。比利（友政）是一個對於很多事情都充滿的熱情的人，他在很多領域都是那方面的專家。想要多了解這個人，還有看看他那些其它看似淡泊卻充滿異趣的人生故事，可以在以下的這個連結裡面看到他的紀念臉書。分享給這本書的讀者們：

https://www.facebook.com/wangbilly

語言文學類　PG2011　SHOW小說53

馬雅神教教主本紀
——少年王比利的故事

作　　者／林大棟
責任編輯／陳慈蓉
圖文排版／林宛榆
封面設計／蔡瑋筠

發 行 人／宋政坤
法律顧問／毛國樑　律師
出版發行／秀威資訊科技股份有限公司
114台北市內湖區瑞光路76巷65號1樓
電話：+886-2-2796-3638　傳真：+886-2-2796-1377
http://www.showwe.com.tw
劃撥帳號／19563868　戶名：秀威資訊科技股份有限公司
讀者服務信箱：service@showwe.com.tw
展售門市／國家書店（松江門市）
104台北市中山區松江路209號1樓
電話：+886-2-2518-0207　傳真：+886-2-2518-0778
網路訂購／秀威網路書店：https://store.showwe.tw
國家網路書店：https://www.govbooks.com.tw

2019年12月　BOD一版
定價：300元

國家圖書館出版品預行編目

馬雅神教教主本紀：少年王比利的故事 / 林大棟作. --
一版. -- 臺北市：秀威資訊科技, 2019.12
面；　公分. -- (語言文學類；PG2011)(SHOW小說；53)
BOD版
ISBN 978-986-326-743-0(平裝)

863.57　　108016250

讀者回函卡

感謝您購買本書，為提升服務品質，請填妥以下資料，將讀者回函卡直接寄回或傳真本公司，收到您的寶貴意見後，我們會收藏記錄及檢討，謝謝！如您需要了解本公司最新出版書目、購書優惠或企劃活動，歡迎您上網查詢或下載相關資料：http:// www.showwe.com.tw

您購買的書名：________________________________

出生日期：________年________月________日

學歷：□高中（含）以下　□大專　□研究所（含）以上

職業：□製造業　□金融業　□資訊業　□軍警　□傳播業　□自由業

□服務業　□公務員　□教職　□學生　□家管　□其它____

購書地點：□網路書店　□實體書店　□書展　□郵購　□贈閱　□其他

您從何得知本書的消息？

□網路書店　□實體書店　□網路搜尋　□電子報　□書訊　□雜誌

□傳播媒體　□親友推薦　□網站推薦　□部落格　□其他________

您對本書的評價：（請填代號　1.非常滿意　2.滿意　3.尚可　4.再改進）

封面設計____　版面編排____　內容____　文／譯筆____　價格____

讀完書後您覺得：

□很有收穫　□有收穫　□收穫不多　□沒收穫

對我們的建議：________________________________

____

____

____

請貼
郵票

11466
台北市内湖區瑞光路 76 巷 65 號 1 樓
秀威資訊科技股份有限公司 收
BOD 數位出版事業部

....

（請沿線對折寄回，謝謝！）

姓　　名：＿＿＿＿＿＿＿＿　年齡：＿＿＿＿　性別：□女　□男

郵遞區號：□□□□□

地　　址：＿＿＿＿＿＿＿＿＿＿＿＿＿＿＿＿

聯絡電話：(日) ＿＿＿＿＿＿＿＿ (夜) ＿＿＿＿＿＿＿＿

E-mail：＿＿＿＿＿＿＿＿＿＿＿＿＿＿＿＿